PAPIOLE
LA FILLE DU JONGLEUR

PAR

MARGUERITE FROMENT

A. Mame & Fils
Éditeurs
à
Tours

FORMAT GRAND IN-8° CARRÉ

2° SÉRIE

PAPIOLE

LA FILLE DU JONGLEUR

2ᵉ SÉRIE GRAND IN-4ᵉ CARRÉ

(N° 3207)

Thibour suivit les fugitifs. (P. 15.)

PAPIOLE

LA FILLE DU JONGLEUR

SUIVI DE

ÉCHEC AU ROI

PAR

MARGUERITE FROMENT

TOURS

MAISON ALFRED MAME ET FILS

PAPIOLE

LA FILLE DU JONGLEUR

I

PAPIOLE

Papiole venait d'atteindre le prieuré royal des Dames de Coiroux, en Limousin. Les dernières modulations d'un chant liturgique s'éteignaient sous les voûtes de la chapelle, quand l'enfant s'arrêta sur le seuil. Elle prit une attitude recueillie; ses longs cils voilèrent ses prunelles brillantes; ses mains, qui serraient un parchemin aux sceaux de cire rouge, se joignirent dans un geste de supplication, pendant que ses lèvres priaient. Puis reprenant sa vivacité naturelle, son visage aux fossettes rieuses s'éclaira d'un sourire.

Elle se dirigea vers la porte d'entrée du couvent, souleva le heurtoir, qui retomba lourdement, et attendit.

Quelques secondes à peine s'écoulèrent. Un pas léger sur les dalles, un cliquetis discret de médailles saintes et de chapelet avertirent Papiole qu'on venait vers elle. La porte grinça sur ses gonds. Sous son voile noir, une religieuse sourit à Papiole, tout en réprimant un geste de surprise, car jamais semblable visiteuse n'avait encore frappé à la porte du monastère.

La toute jeune fille qui se présentait à elle portait sur ses cheveux bruns une toque de velours cramoisi; sa robe courte, aux dentelures galonnées d'or, rappelait le costume des jongleurs.

La religieuse eut un instant d'hésitation, mais le regard de Papiole, si franc, si lumineux, triompha rapidement de ses préventions.

« Entrez, mon enfant, dit-elle. Que désirez-vous?

— Je désire voir la Révérende Mère abbesse Jeanne de Lastours.

— C'est bien. Suivez-moi jusque dans la salle, où, à l'issue de l'office, notre Révérende Mère vous donnera audience. Asseyez-vous en attendant. »

Papiole se dirigea vers un banc de bois sculpté placé dans l'embrasure d'une fenêtre.

Les vitraux entr'ouverts lui permettaient de contempler la campagne. A ses pieds, l'étroite vallée de Coiroux étalait des prairies verdoyantes, des lignes de peupliers bordant le cours sinueux du ruisseau; en face d'elle, au-dessus des rocs amoncelés, se dressait, majestueusement, la grande abbaye des moines d'Obazine.

Mais Papiole ne songeait point à s'émerveiller devant ce site à la fois grandiose et charmant; ses doigts pressaient nerveusement le parchemin qu'elle avait hâte de remettre à la très noble dame de Lastours, dont le grand renom de sainteté était arrivé jusqu'à elle.

Une porte s'ouvrit et la révérende abbesse, imposante comme une reine dans son long manteau de bure, apparut sur le seuil.

« Qui es-tu, mon enfant?... Comment te nommes-tu?

— J'ai nom Papiole, car je suis la fille de Papiol, le jongleur.

— De Papiol, le célèbre jongleur de notre troubadour Bertrand de Born?

— Oui, noble dame. Notre vaillant seigneur et troubadour Bertrand de Born ne confie qu'à mon père l'honneur de chanter ses sirventes[1]. C'est Papiol le jongleur qui anime de sa voix vibrante la chanson guerrière de notre poète. Il va de château en château réveiller au cœur des seigneurs limousins la haine des Anglais, l'amour de la liberté. Du fier donjon d'Hautefort, comme un aigle de son aire, Bertrand surveille les vautours qui s'abattent sur la terre limousine. Il clame son appel à la liberté, et cet appel, Papiole l'envoie, comme un défi, jusqu'au repaire de Richard Cœur de Lion.

« Parfois, mon père accorde sa citole d'or[2] pour de plus doux chants, noble dame. S'il ne vous apporte aujourd'hui l'hommage respectueux de Bertrand, c'est que jongleurs et troubadours n'ont pas le droit de pénétrer dans cette enceinte. C'est donc à moi, Papiole, que le

[1] Chansons guerrières. Les sirventes de Bertrand de Born font revivre en tableaux saisissants la rivalité des princes anglais.
[2] Instruments de musique à cordes en usage au moyen âge.

fier seigneur confie le soin de vous saluer en son nom et de vous remettre son message, — un message important.

— Important? Et il le confie à tes mains d'enfant?

— L'oiselet sur lequel Dieu veille n'est jamais pris par le chasseur. Un héraut d'armes eût éveillé la méfiance des gens de guerre et peut-être n'eût-il pu remplir la mission. »

Papiole s'avança vers l'abbesse et, s'inclinant, lui remit le parchemin. L'abbesse examina les cachets de cire rouge.

« C'est bien le sceau des seigneurs d'Hautefort, le lévrier des Born, » dit-elle.

Ayant brisé les sceaux, elle lut attentivement le message.

« Connais-tu le contenu de ce parchemin? demanda-t-elle à la jeune fille.

— Oui, révérende abbesse. Bertrand de Born vous demande d'assurer un asile sous votre toit aux deux orphelins du baron de Gimel. Il met sous la protection du prieur des moines d'Obazine et confie à votre garde Mathilde de Gimel et son jeune frère Geoffroy.

— Leur père est donc mort?

— La flèche d'un Anglais a frappé en plein cœur ce vaillant champion de la liberté limousine. Les soldats du Plantagenet montaient à l'assaut de sa demeure et les orphelins allaient tomber en leurs mains, quand la troupe de Bertrand de Born se précipita sur les assaillants et les mit en déroute. Mais le fils du roi d'Angleterre, Richard Cœur de Lion, veut s'emparer du fier castel de Gimel. Il veut en faire don à l'un de ses guerriers d'outre-

Manche. Le tortil ! du baron limousin ornera le bouclier de l'étranger... Périsse le renom de gloire de tous nos seigneurs, s'ils ne gardent à Geoffroy de Gimel son titre et son fief ! »

L'abbesse écoutait, attentive, la voix vibrante de Papiole ; puis, se recueillant :

« Va dire à ton maître que Jeanne de Lastours accepte. Qu'il m'envoie ces enfants : je veillerai sur eux comme une mère.

— Révérende abbesse, Bertrand de Born ne veut pas que vous ignoriez qu'en donnant un refuge à ses protégés, vous encourez la colère de l'ennemi. Richard, que l'on dit généreux comme un lion, est parfois terrible dans ses représailles, et votre monastère...

— Enfant ! que peuvent les hommes contre la cité que Dieu garde ? Va, cours porter ma réponse à celui qui l'attend.

— Le troubadour au cœur loyal était sûr de votre adhésion quand il m'envoyait vers vous. Mathilde et Geoffroy de Gimel sont près d'ici. Je ne les précède que de quelques instants. Au bas du ravin, sous les vieux châtaigniers, dans la coulée d'or des genêts en fleurs, ils attendent, anxieux, votre réponse. »

L'abbesse leva les yeux au ciel et les abaissant vers Papiole :

« Cours vers eux et dis-leur qu'ils ne seront plus orphelins. »

---

¹ Tortil, couronne de baron formée d'un cercle d'or autour duquel un collier de perles est passé en spirale.

Papiole s'inclina et sortit.

A peine avait-elle franchi le seuil, que la jeune religieuse qui l'avait accueillie introduisit dans cette même pièce une mendiante de vingt ans environ.

« Ma Révérende Mère, voici une jeune fille que nous avons trouvée tombant d'inanition à la porte du couvent. Elle vous demande l'hospitalité pour quelques jours, jusqu'à ce qu'elle ait repris des forces pour continuer sa route. »

L'abbesse jeta un long regard inquisiteur, mais doux, sur la brune jeune fille dont la physionomie expressive et hardie contrastait avec ses vêtements en haillons. Elle l'interrogea avec bonté :

« D'où viens-tu, mon enfant?

— Du pays des anciens Cadurques[1], des plateaux pierreux du Quercy. Mes pieds se sont meurtris sur la route et je désespère d'atteindre jamais Limoges, la sainte, où je vais m'agenouiller près du tombeau de saint Martial.

— Tu ne portes point l'habit des femmes du Quercy? remarqua l'abbesse.

— Aussi n'en suis-je point. Je gagne ma vie sur les routes, chantant et dansant; mais j'ai bien le droit, ce me semble, de faire mes dévotions au saint que l'on vénère en ce pays. »

Les derniers mots furent dits avec une expression de défi. L'abbesse regarda longuement cette jeune fille étrange et, prise de pitié, elle répondit :

[1] Cadurques, peuple de la Gaule qui avait pour capitale Cadurc (Cahors) et qui opposa une longue résistance à César.

« Oui, mon enfant, et puisse-t-il te protéger d'ici
Limoges; le chemin est long, périlleux. Ne sais-tu pas
que les soldats de l'Anglais et les troupes des seigneurs
des environs barrent les routes; qu'ils se livrent d'inces-
sants combats? Renonce momentanément à ton projet,
repose ici tes membres lassés. Tes pieds sont meurtris,
blessés peut-être? Comment te nommes-tu?

— Je me nomme Thibour.

— Sœur Hildegarde, reprit l'abbesse, prenez soin de
cette enfant. »

Adressant un sourire à la jeune fille, la noble Jeanne
de Lastours s'éloigna.

Thibour la suivit du regard, troublée par le charme
mystérieux qui émanait des moindres paroles, des moindres gestes de cette femme.

Se sentant observée par la jeune religieuse, elle prit
une attitude accablée.

« Je ne puis me tenir debout, dit-elle, tant mes pieds
sont endoloris!

— Asseyez-vous, mon enfant. Je vais chercher ce qui
m'est nécessaire pour vous réconforter et panser vos
blessures. »

A peine sœur Hildegarde avait-elle disparu, que
Thibour, se levant prestement de son siège, esquissait
un pas de danse, tandis qu'un sourire de triomphe animait son visage expressif.

« Bravo, Thibour, s'écria-t-elle. Le Cœur de Lion et la
noble Guicharde de Lassenac, l'ennemie acharnée des
Gimel, s'applaudiront de t'avoir donné leur confiance!...

Bertrand de Born est joué. Le refuge de ses protégés est découvert. Ai-je assez bien tenu mon rôle de pèlerine! L'abbesse elle-même s'y est méprise!

« Papiole m'a-t-elle devancée, ou s'est-elle attardée avec sa noble troupe? Sans cette alerte qui me les a fait perdre de vue depuis quelques heures, je serais renseignée. N'importe! Je n'ai qu'à ouvrir l'œil et l'oreille en jouissant à mon aise des soins touchants de ces naïves recluses. Une fois bien informée, je repars, et ces quelques jours passés sous les haillons d'une pauvresse me vaudront la richesse et la joie. Bravo, Thibour! Mais voici la sœur. »

La jeune fille reprit son masque de souffrance et sa voix dolente pour exciter la compassion de la religieuse. Celle-ci, âme confiante et droite, ignorant le mal, ne le soupçonnait pas chez autrui. Elle adressa à Thibour de douces paroles, lui présenta un gobelet d'étain rempli d'un breuvage réconfortant, et, s'agenouillant devant la jeune fille, lava ses pieds endoloris. Elle ne vit pas le sourire énigmatique qui passa sur les lèvres de la pèlerine mais, l'eût-elle aperçu, que son cœur loyal n'aurait jamais cru à la perversité précoce de la jeune fille.

Thibour, avide des plaisirs et des richesses qui les procurent, avait entrepris, moyennant la promesse d'une forte somme d'argent, de découvrir le lieu de retraite que Bertrand de Born avait choisi pour ses protégés. Richard Cœur de Lion voulait s'emparer du château de Gimel pour en faire don à l'un de ses chevaliers anglais, fiancé à la noble Guicharde de Lassenac. Celle-ci, désireuse de voir disparaître Geoffroy de Gimel, l'héritier du dernier baron, pour que le titre et le fief de ce seigneur devinssent l'apanage de son futur époux, avait juré la perte des deux orphelins.

Thibour, la danseuse, rencontrée au hasard des fêtes, lui parut apte à tenir le rôle d'espionne qu'elle ne pouvait, sans déchoir, remplir elle-même.

Thibour s'attacha donc aux pas de Papiole, qu'elle

Thibour lui parut apte à remplir ce rôle d'espionne.

savait investie, malgré son jeune âge, de la confiance de Bertrand de Born, et la suivit de loin quand elle s'acheminait vers Coiroux, conduisant Mathilde et Geoffroy.

Vêtue comme une mendiante, les pieds nus dans les durs sentiers, Thibour suivit les fugitifs, se dissimulant derrière les buissons, s'arrêtant à chacune de leurs haltes. Ni la fatigue, ni la faim ne l'arrêtaient. Soutenue par la

promesse d'une riche récompense, elle allait toujours, se
raidissant contre la lassitude qu'elle éprouvait.

Un jour, sa prudence fut cependant mise en défaut.
Mourant de soif, elle ne résista point au désir de puiser à
une source qui murmurait sous un couvert d'arbres.
Longuement elle s'y désaltéra, mais elle y fut rejointe
par un homme d'armes de l'escorte des orphelins de
Gimel. L'homme s'apprêtait à la questionner, quand
Thibour, prenant l'offensive, lui demanda dans quelle
direction il allait.

« Toujours devant nous, répondit-il, en esquissant un
geste vague, à moins que nous ne nous arrêtions à l'abbaye de Coiroux, vers laquelle nous nous dirigeons. »

Un coup de sifflet strident interrompit ce court colloque.
L'homme d'armes retourna sur ses pas, tandis qu'un de
ses compagnons, se dirigeant vers Thibour, lui criait :

« Holà ! jeune fille ! Que faites-vous dans ces parages ?
Il me semble vous avoir déjà aperçue ce matin sur notre
route. Qui êtes-vous ? »

Mais Thibour avait déjà disparu sous les châtaigniers
et, courant à perdre haleine, s'était mise hors d'atteinte.
Deux heures plus tard, elle atteignait le seuil de l'abbaye,
où sœur Hildegarde l'accueillait d'un sourire compa-
tissant.

.   .   .   .

La jeune religieuse, toujours à genoux devant Thibour,
faisait un pansement.

« La vertu des simples cueillies sur nos collines est très
efficace contre les meurtrissures. Vous serez vite guérie.

Deux ou trois jours de repos, et vous pourrez repartir.

— Je ne sais si j'oserai reprendre sitôt ma route vers Limoges. Est-ce vous qui cueillez les plantes médicinales que vous employez? demanda-t-elle, désireuse de changer le sujet de son entretien.

— Non. Nous ne sortons jamais de cet enclos. Ce sont les moines d'Obazine, dont vous apercevez d'ici la grande abbaye, qui, dans leurs promenades solitaires, récoltent ces fleurs bienfaisantes et... »

Sœur Hildegarde fut interrompue par l'entrée de l'abbesse qui, posant sa main sur l'épaule de Thibour, lui demanda :

« Te sens-tu mieux, mon enfant?

— Oh! oui, madame!

— Sœur Hildegarde, montrez-lui la cellule qu'elle occupera durant son séjour ici, et veillez à ce qu'elle ne manque de rien. Je reste ici pour recevoir, dès leur entrée à l'abbaye, des orphelins qui se sont fait annoncer. »

A ces derniers mots, Thibour, qui s'était déjà dirigée vers la porte, conduite par sœur Hildegarde, eut un mouvement de surprise et une courte hésitation; mais elle jugea prudent de dissimuler et sortit de la salle.

Quand l'abbesse se trouva seule, elle joignit les mains et murmura :

« Inspirez-moi, Seigneur! Si j'ai bien agi en promettant aide et secours aux orphelins, ramenez la paix et le calme dans mon âme. Un sentiment de crainte m'envahit. Ai-je le droit de compromettre la sécurité de mes religieuses? N'est-ce pas manquer de prudence que d'exposer notre monastère aux représailles de l'Anglais? Mais puis-je

2 — Papiole.

repousser des orphelins, des enfants qui cherchent un abri dans la maison du Seigneur? »

Sa méditation fut interrompue par un bruit inusité venant de la tour intérieure. Mathilde de Gimel abandonnait la bride de son cheval à un écuyer et mettait pied à terre, aidée par son jeune frère Geoffroy. Elle portait une longue robe blanche avec un corselet de velours grenat, et la tristesse empreinte sur son doux visage contrastait avec les couleurs gaies de ses vêtements.

Geoffroy, à peine âgé de douze ans, portait, avec une crânerie charmante, une toque brune sur sa chevelure à boucles blondes. Son manteau, retenu sur les épaules par de riches agrafes, son haut-de-chausses brun foncé lui donnaient une tournure élégante, qu'accentuait la grâce un peu efféminée de tous ses mouvements.

Papiole, précédée d'une religieuse, les introduisit dans la salle où l'abbesse les accueillit d'un geste maternel.

Ouvrant aux orphelins ses bras protecteurs, elle pressa tendrement sur son cœur Mathilde et Geoffroy et adressa un sourire ému à Papiole.

« Soyez les bienvenus, Mathilde et Geoffroy, chers orphelins !

— Oh! madame, s'écria Mathilde, les yeux pleins de larmes, sauvez-nous, ayez pitié de nous!

— Ayez confiance, chers enfants, Dieu vous protège! Il vous envoie vers nous et confie votre cause à de vaillantes mains. »

Elle attacha son regard profond sur le doux visage de Mathilde et continua :

« Vous êtes le vivant portrait de votre mère. Je l'ai vue souvent quand elle avait votre âge, son souvenir est très précis dans ma mémoire.

— Ma mère était douce et bonne, j'essaye de lui ressembler. Oh! pourquoi faut-il qu'après l'avoir perdue, j'aie la douleur de voir mourir mon père! Il est mort dans

« Soyez les bienvenus, chers orphelins! »

mes bras, sur nos remparts, où j'étais accourue à la nouvelle de sa blessure. Oh! madame, pourquoi Dieu laisse-t-il survivre les enfants à leur père, à leur mère?...

— Les desseins de Dieu sont impénétrables. Soumettez-vous à sa volonté, mon enfant. Vous avez une mission à remplir; c'est vous qui veillerez sur ce frêle rejeton de votre race, dit l'abbesse en désignant Geoffroy. La tâche qu'eût si bien remplie votre mère devient vôtre. A vous d'imprégner l'âme de votre frère des sentiments de foi, d'honneur, qui ont été ceux de vos ancêtres.

— Ne pleure pas, Mathilde, dit Geoffroy en pressant la main de sa sœur. Quand je serai grand, bientôt, je te protégerai. Je serai vaillant et courageux comme un vrai baron doit l'être. Je reprendrai notre fier castel de Gimel. Madame l'abbesse, pourrais-je apprendre ici à manier les armes, à monter à cheval ?

— Le prieur d'Obazine en décidera, mon enfant. Vous vivrez ici près de votre sœur, mais chaque jour vous monterez à la grande abbaye chez les moines, où vous recevrez des notions de sapience[1]. Peut-être pourra-t-on, comme vous le désirez, vous initier au métier des armes.

— Papiole, dit vivement Geoffroy, puisque tu dois retourner chez Bertrand de Born, dis-lui que je désire un cheval et un écuyer.

— Je lui transmettrai votre désir, seigneur baron, » répondit Papiole.

Puis, s'inclinant devant l'abbesse :

« Notre vaillant troubadour vous supplie, noble dame, de veiller sur ses protégés avec la plus extrême prudence. Ils ont un ennemi puissant dans le fils du roi d'Angleterre, Richard Cœur de Lion, qui veut se saisir d'eux. Bertrand vous demande expressément de ne les confier, de ne les remettre qu'à la messagère qui viendra les réclamer en son nom. Comme preuve de la véracité de sa mission, elle devra vous remettre un objet que vous

[1] Sagesse.

désignerez vous-même et que Bertrand m'a chargé de lui apporter. »

L'abbesse réfléchit un instant. Elle retira lentement l'anneau d'or qui brillait à sa main gauche et le tendit à Papiole.

« Prends l'anneau béni, symbole de ma foi engagée au Seigneur. Qu'il ne tombe jamais en des mains indignes. Remets-le fidèlement à Bertrand.

— Plutôt mourir que de me laisser ravir ce bijou! dit Papiole en l'élevant dans ses doigts. Il contient, dans son cercle d'or, les espérances d'un avenir heureux pour les chers orphelins. Ma mission est terminée, noble abbesse, je dois regagner Hautefort.

— Modère ton impatience, Papiole. L'ombre s'étend déjà dans notre vallon. Attends à demain. Tu verras combien la nuit est douce, reposante, dans notre solitude. Dès l'aube prochaine, au réveil des joyeux pinsons, comme eux, tu prendras ton essor. »

II

LA CHANSON DU MÉNESTREL

Tout était calme, silencieux, dans le jardin du couvent, car l'office avait réuni dans la chapelle les religieuses et leurs hôtes. Thibour le traversa d'un pas léger, s'avança jusqu'à l'extrémité formant terrasse au-dessus de la vallée et, protégeant ses yeux de la main, elle plongea son regard dans le lointain.

« Personne, rien! dit-elle comme déçue dans son attente. Seul, un léger frisson passe dans les feuilles des trembles. J'entends un cri d'oiseau et l'éternelle psalmodie des nonnes. Quand donc serai-je rendue à la liberté, loin de ce cloître austère? Quand pourrai-je reprendre ma vie joyeuse, ma vie de rires et de fêtes? »

D'un geste brusque, elle arracha une branche au saule qui l'abritait et, tout en la dépouillant de ses feuilles, elle continua :

« Guicharde de Lassenac me l'a promis : Richard Cœur de Lion payera à prix d'or mon dévouement à sa cause. Grâce à moi, les héritiers du baron de Gimel seront bientôt à sa merci. »

Soudain elle se tut et se leva brusquement, le visage rasséréné.

« Il me semble entendre au loin la gaie ritournelle de Thiébaud, le ménestrel ! »

Thiébaud, le ménestrel, était pour Thibour le messager, l'envoyé de Guicharde. Thiébaud, l'ivrogne, le félon, ne pardonnait pas à Bertrand de Born de lui préférer Papiole le jongleur.

Pour se venger du mépris du poète d'Hautefort, il était devenu l'âme damnée de Richard Cœur de Lion et servait Guicharde de Lassenac contre les orphelins de Gimel.

Ils avaient conversé en chantant.

Une fois déjà il était venu tout proche de l'abbaye de Coiroux ; sa ballade avait été entendue de Thibour sans éveiller les soupçons de son entourage. Ils avaient conversé en chantant, et nul autre qu'eux n'avait saisi le sens caché dans l'harmonieuse chanson.

Cette fois encore, l'heure et le lieu étaient propices. La voix de Thiébaud monta, claire et vibrante :

> Vers toi ma chanson, douce messagère,
> Monte du vallon, joyeuse et légère,
> Douce messagère.
> Toujours et partout je garde un secret
> Que ma voix confie à ton cœur discret,
> Garde le secret !

Thibour joyeuse se pencha dans la direction d'où venait la voix, et, semblant continuer la chanson commencée, répondit :

> Vers moi, ta chanson, douce messagère,
> Monte du vallon, joyeuse et légère,
> Douce messagère.
> Toujours et partout je garde un secret
> Que ta voix confie à mon cœur discret.
> Je garde un secret !

Le ménestrel, assuré que Thibour l'écoutait, reprit aussitôt :

> Richard dominait, pendant la bataille,
> Tous ses fiers soldats, de sa haute taille,
> Pendant la bataille.
> Il a pénétré dans le fier castel
> Aux ravins profonds qu'on nomme Gimel
> Dans le fier castel.
> Dès ce soir viendra sans qu'elle s'attarde,
> Près de ce jardin, la noble Guicharde,
> Sans qu'elle s'attarde.
> Et vous conviendrez de l'heure et du jour,
> Heureuse Thibour !

A ces derniers mots, Thibour, l'œil en feu, le sourire aux lèvres, frappa des mains joyeusement. Une exclamation de joie allait s'échapper de ses lèvres, quand un léger bruit de pas, derrière elle, la rendit au sentiment de la prudence.

« Est-ce toi qui chantes, Thibour? » demanda Mathilde. Puis, étonnée, hésitante :

« J'ai cru entendre chanter...

— Vous ne vous trompez pas, noble damoiselle. Une voix charmante, soutenue par un instrument de musique, a fait monter jusqu'ici le rythme berceur d'une villanelle. Sans doute un ménestrel, égaré dans ces parages, a voulu adresser aux douces recluses son gracieux hommage.

— Pourquoi ne m'as-tu pas appelée? J'aurais été heureuse de l'entendre !

— Si j'avais pensé que cela pût vous être agréable, je vous aurais prévenue; mais n'ayez point de regret, le plaisir a été de courte durée, la jouissance bien éphémère. »

A ce moment, le jeune Geoffroy, le visage rayonnant de joie, rejoignit les jeunes filles. Il élevait dans sa main deux oiseaux battant encore de l'aile, et s'écriait triomphant :

« Thibour, regarde. J'ai tué tous ces oiseaux au vol! Ne suis-je pas un bon tireur d'arc? Frère Anselme ne cesse de me répéter que mes prouesses sont jeux cruels. C'est bon pour un moine de parler ainsi. A quoi serviraient les oiseaux, sinon à nous procurer le plaisir de la chasse? N'ai-je pas le droit de faire ce que bon me semble? Qu'en penses-tu?

— Geoffroy, tu ne dois pas parler ainsi! » dit doucement Mathilde.

Mais Thibour reprit vivement :

« Laissez donc votre frère parler et agir à sa guise. Seigneur baron, je suis de votre avis, et je ne vois rien de plus beau, rien de plus amusant que la chasse.

— Conte-moi les exploits des grands chasseurs, demanda Geoffroy.

— Je ne saurais le faire. La chasse est passe-temps réservé aux nobles, je n'y ai donc jamais pris part; mais j'ai vu souvent les défilés des seigneurs et des grandes dames se livrant à ce plaisir. J'ai vu les pages, les écuyers avec leurs livrées éclatantes, les valets de chiens modérant de leur mieux les meutes bruyantes.

— As-tu vu des louvetiers? Ils sont effrayants. Ils portent des têtes de loups en guise d'épaulettes, et les renardiers ont des queues de renards suspendues à leur pourpoint.

— J'ai vu aussi des fauconniers, reprit Thibour. Ils portent sur des perchoirs les oiseaux de haut vol : faucons, émouchets, éperviers.

— Porter un faucon sur son poing est signe de noblesse, dit Geoffroy. Moi, je voudrais mieux qu'un faucon : un aiglon fauve des Alpes, comme en a le seigneur de Comborn. »

Il s'arrêta tout à coup.

« Qu'est-ce? » demanda-t-il.

Mathilde et Thibour tendirent l'oreille. Un chant joyeux monta jusqu'à elles.

« C'est le ménestrel ! » s'écria vivement Mathilde.

En effet, Thiébaud, ayant compris par le silence de Thibour qu'il devait être prudent, lançait à pleine voix une chanson connue.

Une émotion intense s'emparait de Mathilde à mesure que se déroulaient les couplets, et quand les dernières paroles se perdirent dans l'éloignement, elle éclata en sanglots.

« Pourquoi pleures-tu, Mathilde? demanda Geoffroy.

— Ce chant que j'ai entendu réveille en moi des souvenirs aimés. Il me semblait revivre les jours de mon enfance heureuse, quand, blottie près de ma mère, j'écoutais, ravie, la chanson des troubadours... Hélas! il n'est plus de joies pour nous! nous sommes orphelins!

— Ne t'attriste pas, Mathilde, dit Geoffroy, posant tendrement sa main sur l'épaule de sa sœur. Bientôt nous retournerons dans notre château de Gimel. Alors, comme les dames de ton rang, tu porteras des robes de velours bordées d'hermine; nous aurons des pages, des valets,... je ferai venir des ménestrels pour te distraire... Ne pleure plus.

— Eh bien! mon fils, dit l'abbesse, qui à ce moment s'avançait vers eux, vous excellez, je vois, à tirer de l'arc. Voici de nouvelles victimes, continua-t-elle en montrant les oiseaux que Geoffroy tenait à la main. N'oubliez pas votre promesse d'épargner nos palombes et nos tourterelles...

— Je vous l'ai promis, madame l'abbesse, et jamais baron de Gimel n'a manqué à sa parole.

— C'est bien, dit l'abbesse en souriant. Mais voici l'heure de votre leçon de lecture, car sœur Hildegarde apporte le missel ouvert sur le pupitre. »

Le jeune Geoffroy avait moins d'ardeur à l'étude qu'à la chasse.

« Ne pourriez-vous, madame l'abbesse, me dispenser aujourd'hui de ma lecture? demanda-t-il avec son plus séduisant sourire. J'ai le cerveau lassé par toutes les savantes choses dont m'entretient le Père Anselme. Vous qui contez si bien, narrez-moi les hauts faits des seigneurs limousins. Pourquoi sont-ils toujours en guerre? »

En disant ces mots, Geoffroy avait avancé près du fauteuil rustique de l'abbesse un petit banc de bois sur lequel il s'assit. Les coudes sur les genoux, le menton dans ses mains, le regard fixé sur le beau visage de Jeanne de Lastours, il attendit le récit désiré.

Mathilde, à côté de l'abbesse, prit son métier à tapisserie, et Thibour se plaça un peu à l'écart, attentive et intéressée.

D'une voix vibrante et émue, la noble abbesse commença :

« Ne sais-tu pas, enfant, qu'ils luttent pour la liberté limousine contre de cruels oppresseurs? Notre douce province est devenue, comme le Quercy et le Périgord, le fief de l'Angleterre. Éléonore d'Aquitaine, épousant Henri de Plantagenet, nous a faits vassaux de l'Angleterre. Ses fils Richard Cœur de Lion, Henri Court-Mantel et

Geoffroy, tantôt ligués contre leur père, tantôt batail-
lant entre eux, ruinent notre pays, dévastent nos cam-
pagnes, saccagent les villes, pillent les monastères.

— Richard Cœur de Lion avait cependant promis la
paix, quand, à Limoges, il fut reconnu solennellement
duc d'Aquitaine! dit Mathilde.

— Il n'a pas tardé à être parjure, et les champs du
bas Limousin sont couverts de ruines. Mais le troubadour
d'Hautefort a jeté son appel :

« Guerre aux hommes du Nord!... A nous, sans partage, la terre qui nous vit naître! »

A ces mots Geoffroy se leva enthousiasmé. D'un geste
noble, il étendit sa main droite et répéta après l'abbesse :

« Guerre aux hommes du Nord!... A nous, sans partage,
la terre qui nous vit naître!

— Le désir de Bertrand, continua l'abbesse, est de
rendre libre notre Limousin. Il a mis au cœur des guerriers son vibrant enthousiasme. Tous, à sa voix, ont relevé
le front dans un défi superbe. Des clameurs de bataille
retentissent de toutes part; on entend le heurt des bou-
cliers et des lances, et les chevaux bardés de fer piétinent
nos plaines fleuries... Mais le sang coule... La mort
éclaircit les rangs des guerriers... Oh! mes enfants, allons
prier! »

L'abbesse, suivie de Mathilde et de Geoffroy, quitta le
jardin.

Thibour, restée seule, vint s'asseoir à l'angle de la
terrasse pour guetter l'arrivée de Guicharde, comme elle

avait guetté celle du ménestrel. Elle demeura immobile
et pensive, repassant dans sa mémoire les paroles de
l'abbesse, paroles qui lui révélaient tout un monde de
sentiments inconnus : enthousiasme, désintéressement,
devoir. Ces mots, qu'elle n'avait jamais compris, lui
semblaient contenir des merveilles accessibles seulement
aux êtres d'élite.

Elle était si absorbée dans ses réflexions, qu'elle n'entendit pas son nom répété deux fois par une voix féminine, au timbre voilé.

« Thibour ! Thibour ! »

Un troisième appel, plus énergique, sembla la réveiller
comme en sursaut.

« Me voici, » répondit-elle.

Légère autant qu'audacieuse, elle monta sur le mur,
bondit jusque sur la pelouse extérieure dont l'herbe
épaisse amortit sa chute. Elle rejoignait Guicharde de
Lassenac, qu'elle n'eut pas de peine à reconnaître sous
son déguisement de femme du peuple.

Un doigt sur ses lèvres, Thibour s'approcha de Guicharde et d'un geste lui indiqua, au flanc du ravin, un
taillis dans lequel elles s'enfoncèrent. Quand elles furent
en lieu sûr :

« Je vous attendais. Thiébaud le ménestrel m'avait
prévenue que vous viendriez vous-même.

— Le plus sûr des confidents est toujours un danger,
répondit Guicharde. Mieux vaut cent fois que nos paroles
ne tombent pas dans l'oreille d'un tiers. Le succès de
notre entreprise dépend de notre prudence et de notre

discrétion. Mais dis-moi vite : Mathilde et Geoffroy sont-
ils toujours dans cette abbaye?

— Oui, noble dame.

— Sais-tu s'ils y sont pour longtemps? Quelles sont
les intentions de Bertrand de Born à leur égard?

— J'ignore ce qui a été décidé pour eux. L'abbesse
n'en parle point.

— Je connais de réputation Jeanne de Lastours, elle
n'est point femme à dévoiler le secret qui lui est confié.
Laissons cela et écoute : les troupes de Richard ont battu
celles de Bertrand de Born. Le château de Gimel est
surmonté du drapeau anglais. Fidèle à son engagement,
Richard Cœur de Lion veut faire don de ce fief au chevalier qui en a reçu la promesse... mais il y a un obstacle.

— Lequel?... Les orphelins?...

— Oui. Richard n'ose les déposséder.

— Je ne le croyais ni si timide, ni si tendre envers les
orphelins.

— Aussi ne l'est-il point. Ce qui l'arrête, c'est la
menace de révolte du plus puissant de ses vassaux. Le
vicomte de Turenne provoquera le soulèvement de la
Guyenne entière si Richard ne rétablit dans ses droits le
jeune Geoffroy de Gimel.

— Alors tout espoir d'entrer en possession de Gimel
est perdu pour lui.

— Et c'est ce que je n'accepte pas. Tu le sais, Thibour,
je suis fiancée au chevalier anglais qui doit être mis en
possession du titre et des richesses du baron de Gimel.
Comprends-tu, Thibour? Je ne veux point passer ma

jeunesse dans l'obscure demeure où je vis avec la famille
de mon frère. Je préfère la mort à la vie monotone qui
est la mienne. Pour toute distraction, j'ai mon rouet et
mon missel... C'est le cœur révolté que je file le lin;
c'est l'âme triste que je fais ma prière. J'ai pris en horreur mon existence étroite et mesquine. Je suis jeune,
je veux jouir. Je veux la richesse...

— Quel moyen avez-vous de réussir?

— Un seul : supprimer l'héritier de Gimel! prononça
Guicharde d'une voix farouche. Richard l'exige! Les
seigneurs limousins, ne pouvant plus revendiquer ce fief
pour le fils du dernier baron, laisseront le champ libre à
Richard. Que Mathilde et Geoffroy disparaissent!

— Vous voudriez donc?... demanda Thibour étonnée.

— Simplement les changer de climat et leur assurer
une retraite douce et paisible, reprit Guicharde, un sourire énigmatique aux lèvres. Bien loin d'ici, en Angleterre,
le jeune Geoffroy abritera, sous le capuchon d'un moine,
sa tête rasée; la douce Mathilde finira ses jours dans un
monastère.

— Tous deux éternels prisonniers dans des cloîtres!
soupira tristement Thibour.

— En quoi cela peut-il te déplaire? » demanda Guicharde
hautaine.

Thibour haussa les épaules d'un air indifférent. Guicharde se rapprocha d'elle, et se faisant insinuante :

« Oublies-tu mes promesses? Tu seras riche, Thibour!
Tu es jeune, tu seras heureuse, l'or ruissellera dans tes
mains. Comme tu seras belle avec un collier de perles

fines dont l'éclat rehaussera ta beauté! Tu es belle, mais tu es pauvre.

— Je le sais, répondit Thibour impatiente. Que dois-je faire?

— M'aider ainsi que tu l'as promis. Gagne la confiance de Mathilde et de Geoffroy pour que nous puissions les enlever à l'abbesse. »

Thibour fit un geste de dénégation.

« Je n'essayerai pas, ce serait peine perdue. Mathilde n'éprouve aucune sympathie pour moi. L'enfant serait plus facile à gagner, je me prête à ses jeux; mais l'abbesse a un regard auquel rien n'échappe, et je sens qu'elle me surveille avec méfiance. Quant à lui enlever de force ses protégés, n'y songez pas. Elle laisserait brûler son monastère plutôt que de les livrer!

— Je n'en suis pas surprise, c'est une vraie Lastours. Les femmes de sa race sont fermes et prudentes. »

Les sourcils froncés, Guicharde s'absorbait dans ses réflexions.

« Écoutez, dit Thibour. J'ai surpris un secret dont la révélation vous sera utile. Ici même, blottie dans la verdure, j'ai assisté à l'arrivée des orphelins de Gimel sous la conduite de Papiole. Je les ai suivis jusqu'à la porte de la salle dans laquelle l'abbesse les attendait, et, l'oreille collée aux panneaux de bois, j'ai entendu les paroles de bienvenue et les instructions envoyées par Bertrand à Jeanne de Lastours. L'abbesse a promis de garder les orphelins auprès d'elle jusqu'au jour que fixera le seigneur d'Hautefort.

3 — Papiole.

La personne qui les réclamera en son nom devra, pour prouver l'authenticité de sa mission, remettre à l'abbesse l'anneau d'or que Jeanne de Lastours a confié à Papiole.

— A Papiole? A une enfant?

— A une enfant courageuse comme un soldat, avisée autant qu'intrépide!

— Qu'importe! reprit Guicharde triomphante. Papiole n'en est pas moins un être faible, inoffensif, qui ne pourra nous résister. S'emparer de l'anneau ne sera qu'un jeu.

— A la condition de rejoindre Papiole avant qu'elle ait remis l'anneau à Bertrand de Born. Elle est vaillante, courageuse, ainsi que je vous l'ai déjà dit. Elle avait hâte de rendre compte à son seigneur de la mission périlleuse qu'il lui avait confiée.

— Crois-tu qu'elle soit déjà à Hautefort?

— Non. Les chemins ne sont point assez sûrs pour qu'elle ait pu s'y rendre rapidement. Mais la rencontre-rez-vous?

— Devrais-je pour cela m'adresser au démon, je la trouverai! Il me faut cet anneau! Quelle direction Papiole a-t-elle prise?

— J'ai épié son départ. Elle a gravi le coteau et suivi le canal des moines[1] pour redescendre dans la riante vallée où la Corrèze chante.

— C'est bien, Thibour, ne te lasse pas d'observer.

---

[1] Canal de mille cinq cents mètres de longueur qui prend l'eau d'un torrent et la mène à Aubazine à travers les rochers et les précipices.

L'heure du succès est proche. Bientôt tu seras libre, heureuse et riche. »

Guicharde s'éloigna, laissant Thibour rêveuse.

« Riche et libre! pensait la jeune fille, n'est-ce pas le bonheur? »

———

III

DANS LA FORÊT

Papiole en était à sa troisième journée de marche, depuis son départ de Coiroux.

Une fatigue insurmontable s'emparait d'elle; ses membres étaient las, ses pieds endoloris, sa tête lourde. Elle avait passé la nuit précédente en plein bois, à peine abritée dans une large anfractuosité de roches. Ses yeux ne s'étaient point fermés dans un sommeil réparateur; la crainte d'être découverte dans son abri par les animaux de la forêt ou par quelque être humain, égaré comme elle en ces lieux, l'avait tenue éveillée durant la nuit. Et cependant Papiole s'applaudissait de ne s'être pas arrêtée dans une des auberges qu'elle avait rencontrées sur son chemin, toutes étant fréquentées par des hommes d'armes ou des aventuriers dont elle n'aurait pu sans danger éveiller la curiosité.

« Encore un peu de courage, se dit-elle; je ne puis être loin d'Hautefort. Bientôt j'aurai rempli ma mission, bientôt j'aurai remis à Bertrand l'anneau de l'abbesse, gage de la sécurité des orphelins. »

Pour mieux s'orienter, elle grimpa sur un tertre élevé dominant le chemin qu'elle suivait. Une magnifique plaine, où serpentait une rivière se déroulait devant elle ; à l'extrémité, quelques toitures basses indiquaient un hameau.

Papiole le reconnut, mais sa déception fut grande en se trouvant encore si éloignée du but de son voyage. Il lui fallait une longue journée de marche pour atteindre la demeure de Bertrand. Ses yeux se remplirent de larmes : elle était si fatiguée ! si lasse ! Elle n'avait plus de pain pour réparer ses forces.

L'enfant essuya rapidement ses yeux, confuse de cet instant de découragement.

« Par ces temps de luttes, qui ne souffre pas ? pensa-t-elle. Allons, courage, Papiole ! En avant ! Je trouverai sur mon chemin quelque chaumine où j'échangerai une pièce de monnaie contre une tasse de lait et un morceau de pain. Si mes pieds sont trop endoloris, je m'étendrai sur la mousse. »

Et l'enfant reprit sa route.

Elle marcha longtemps par des sentiers abrupts et atteignit la grande plaine sans avoir pu se procurer le breuvage réconfortant, le morceau de pain qu'elle désirait.

A demi morte de faim, Papiole se coucha sur le gazon, près du chemin désert, à l'ombre d'un chêne, et chercha dans le sommeil qui alourdissait ses paupières les forces réparatrices dont elle avait besoin.

Combien de temps dormit-elle ? Elle n'eut pas le temps,

à son réveil, de se poser cette question. Des pas de chevaux, un bruit de voix la réveillèrent en sursaut.

Au milieu du chemin, une grande jeune femme blonde, dont le costume indiquait la noblesse, se penchait sur sa monture, dans la direction de l'enfant qu'un écuyer, déjà à terre, lui indiquait de la main.

Que disaient-ils donc dans leur colloque animé?

Papiole, encore engourdie par le sommeil, ne put le saisir. Son premier mouvement fut de se lever et de fuir; mais la noble dame était déjà près d'elle.

« Que fais-tu là, mon enfant? Comment te trouves-tu seule, dans ces sentiers peu fréquentés? Comment te nommes-tu? » demanda-t-elle d'une voix douce.

Et comme Papiole ne répondait pas :

« Mais ne serais-tu pas Papiole? Papiole la petite protégée de notre bien-aimé troubadour Bertrand de Born? »

Papiole, étonnée, surprise, acquiesça d'un signe de tête.

La jeune femme jeta à son compagnon un regard de triomphe; mais, quand ses yeux se reportèrent sur Papiole, l'enfant fut effrayée de l'expression de joie haineuse qu'elle croyait y lire. Instinctivement, elle pressentait un danger. Pourquoi s'était-elle laissé reconnaître? Comment avait-elle pu manquer à la prudence la plus élémentaire? Elle avait été trop surprise, à son réveil; elle n'avait pas eu le temps de se ressaisir.

« Je te reconnais bien, continua la jeune femme adoucissant sa voix. Je t'ai vue plusieurs fois dans nos fêtes, auprès de ton père, Papiole. Je sais que tu es bien accueillie au château d'Hautefort. Je m'y rends; si tu y vas, viens avec nous. Tu parais bien lasse; d'où viens-tu? »

Papiole restait muette.

« Monte en groupe derrière mon écuyer; je suis pressée de partir pour atteindre avant la nuit, si c'est possible, l'auberge des « Trois-Chênes », où je suis attendue. »

Machinalement, Papiole se dirigea vers l'écuyer, qui, après s'être mis en selle, enleva l'enfant et la plaça derrière lui.

Papiole, secouée par les mouvements rapides du cheval, se cramponnait de toutes ses forces à la tunique de l'écuyer. Elle ne savait si elle devait se réjouir de cette rencontre ou la redouter. Si vraiment la jeune femme blonde se dirigeait vers Hautefort, c'était pour Papiole une vraie chance de l'avoir rencontrée; elle arriverait ainsi bien plus vite à destination. Si, dans le cours du trajet, le moindre indice alarmant se manifestait, elle brûlerait la politesse à ses compagnons de route.

Ceux-ci excitaient l'ardeur de leurs montures, car le jour baissait rapidement; ils voulaient atteindre pour la nuit un toit hospitalier.

« La nuit sera sombre, sans lune! dit l'écuyer.

— Oui, répondit la dame. Il fera nuit noir quand nous traverserons la forêt des Glanes. La connais-tu suffisamment pour que nous ne nous égarions pas?

— J'en réponds, noble dame, quoique plus fins que moi s'y soient égarés. On ne compte plus ceux qui y ont péri de fatigue et de faim, ne sachant plus retrouver leur

route, ou qui y ont été massacrés dans quelque embuscade.
Et la grande forêt n'a jamais trahi ses secrets! » continua
l'écuyer comme répondant à quelque invisible interlocu-
teur.

Papiole, que la fatigue prédisposait à la frayeur, tremblait de tous ses membres. L'homme s'en aperçut.

« As-tu peur, ma tourterelle? demanda-t-il plus nar-
quois que bienveillant. Il est vrai que le loup ne ferait
de toi qu'une bouchée, si nous t'abandonnions en ce
lieu! »

Ils marchèrent longtemps encore et pénétrèrent enfin
sous les chênes séculaires de la grande forêt. Ils n'avançaient plus que lentement. Bientôt même le sentier
devint indistinct, envahi par les ronces et les fou-
gères.

« Thiébaud, es-tu bien sûr de reconnaître le chemin? »
demanda, anxieuse, la jeune femme.

Thiébaud! A ce nom, Papiole frissonna. Quoi? l'homme
auquel elle se cramponnait de toutes ses forces était le
ménestrel Thiébaud? Thiébaud vendu à l'Anglais?... Et
cette femme qu'il accompagnait, qui était-elle donc?

Papiole ferma les yeux, ses tempes battirent; il lui
sembla qu'elle allait s'évanouir.

Était-ce un rêve, ou chevauchait-elle vraiment dans
une sombre forêt inconnue, entre un écuyer traître à son
pays et une femme qui l'entraînait loin d'Hautefort? Car,
elle en était sûre, la route conduisant à la demeure de
Bertrand ne traversait pas de forêt. Oui, elle en était certaine maintenant, cette femme l'avait trompée. Que faire?

Leur échapper, glisser de cheval et s'enfuir? S'enfuir, mais où? Où aller?

« Thiébaud! commanda la jeune femme d'un ton saccadé, descends de cheval et viens jusqu'ici. »

Thiébaud s'arrêta, mit pied à terre et s'approcha de Guicharde de Lassenac.

« Donne-moi l'anneau d'or. »

Celle-ci, penchée vers le ménestrel, ne lui dit que quelques mots. Elle descendit de cheval et se dirigea vers Papiole, que Thiébaud enleva de sa monture sans même la prévenir. L'enfant s'affaissa, tremblante, au pied d'un chêne.

« Écoute, Papiole, dit Guicharde qui, pour mieux la voir dans l'obscurité, s'était agenouillée près d'elle; je sais d'où tu viens, où tu vas. Je connais le message dont l'ab-

besse t'a chargée pour Bertrand de Born. Donne-moi l'anneau d'or que tu as l'ordre de remettre au seigneur d'Hautefort.

— Jamais!... jamais!... » s'écria Papiole.

Elle se leva frémissante et, les deux mains sur sa poitrine pour mieux protéger l'anneau suspendu à son cou,
sous ses vêtements, elle essaya de fuir. D'un bond, Thiébaud l'eut rejointe et, brutal, la saisit à l'épaule.

« Halte-là! mon bel oiseau. On ne s'envole pas ainsi,
sans permission! »

Il la ramena vers Guicharde qui adoucit sa voix.

« Pourquoi refuses-tu de me donner l'anneau? Crains-tu
de compromettre la sécurité de Mathilde et de Geoffroy
de Gimel? Mais tes craintes sont chimériques, mon enfant.
Je leur suis dévouée comme toi, et, mieux que Bertrand
lui-même, je puis les mettre à l'abri de tout danger. Tu
le vois, le lieu de leur retraite m'est connu; j'ai voulu
veiller sur eux, me dévouer à leur cause.

— Vous mentez! s'écria Papiole indignée.

— Te tairas-tu, vagabonde! lui cria Thiébaud en la
secouant rudement. Nous perdons, à discourir, un temps
précieux. Noble dame, laissez-moi faire. »

S'adressant de nouveau à Papiole :

« Si tu ne nous donnes de plein gré l'anneau que tu
portes, je le prendrai malgré toi. Veux-tu, oui ou non,
le donner?

— Non, non, jamais! répéta Papiole.

— Réfléchis, continua Thiébaud. Que tu le donnes ou
que tu le refuses, je l'aurai toujours! Dans le premier cas,

je te laisse la vie sauve; dans le second, je ne me soucie guère de laisser derrière nous un témoin à charge... Par conséquent... »

Thiébaud n'acheva pas de traduire sa pensée; il fit briller dans l'obscurité une lame d'acier...

« Jamais! Plutôt mourir! Jamais! répéta Papiole haletante.

— Tu l'auras voulu! » dit Thiébaud.

Avant même que Guicharde eût pu retenir le bras du ménestrel, Papiole s'affaissait mourante, et Thiébaud retirait son poignard de la poitrine de l'enfant. Guicharde, l'œil hagard, comme atterrée du crime qu'elle venait de faire commettre, restait immobile.

« Prenez l'anneau, dit brièvement Thiébaud, qui essuyait son poignard au manteau de Papiole, et repartons au plus vite... Les loups se chargeront des funérailles, » ajouta-t-il pendant qu'il aidait Guicharde à se remettre en selle.

.   .   .   .

Les loups ne vinrent pas; mais deux bûcherons, attardés dans la forêt, croisèrent deux cavaliers silencieux comme des spectres, et quand ils approchèrent du lieu où le crime venait d'être commis, il leur sembla entendre un faible gémissement.

Ces hommes, auxquels la forêt était familière, dont les yeux étaient habitués à l'obscurité des sous-bois, se dirigèrent sans hésitation vers le fourré d'où semblaient s'élever les plaintes qui arrivaient jusqu'à eux.

« Père, dit un robuste garçon, qui marchait en éclaireur, c'est ici!

Il s'avança avec précaution.

« C'est une jeune fille, presque une enfant; elle est blessée, le sang coule! »

Les deux bûcherons se penchèrent vers Papiole, qui entr'ouvrit les yeux et les ferma aussitôt en gémissant. Le plus âgé des deux hommes prit sa gourde et l'approcha des lèvres de l'enfant, qu'il soulevait avec précaution. Instinctivement, Papiole aspira une gorgée, puis deux; elle ouvrit les yeux.

« Je meurs!... dit-elle d'une voix faible.

— Non, dit le bûcheron. Vous êtes épuisée parce que le sang a coulé abondamment de votre blessure, mais vous guérirez. Nous allons vous emporter chez nous, où ma femme vous soignera. »

S'adressant à son fils :

« Jehan, porte-la. Ton pas est plus souple que le mien, la blessée sera moins secouée. »

Jehan souleva Papiole, qui lui parut légère comme une brindille de chêne, et les bûcherons hâtèrent le pas.

. . . .

Une heure plus tard, Papiole reposait dans la chaumière du bûcheron. Près du lit étroit sur lequel on l'avait couchée, se tenait Madeleine, la mère de Jehan, pendant qu'une jeune fille au frais visage souriait à Papiole et, d'une main très douce, lavait sa poitrine ensanglantée.

« Je ne crois pas, dit-elle, que la blessure soit profonde; mais tu feras bien, Jehan, d'aller, au petit jour, jusque chez Marie des Glanes, qui s'entend si bien à soigner les blessés et que tu prieras de venir jusqu'ici. »

Jehan répondit à la jeune fille par un sourire qui semblait dire :

« Tu sais bien, Nadale, que je t'obéis toujours ! »

Depuis longtemps, en effet, la plus grande joie de Jehan était de réaliser les moindres désirs de Nadale, sa gentille voisine.

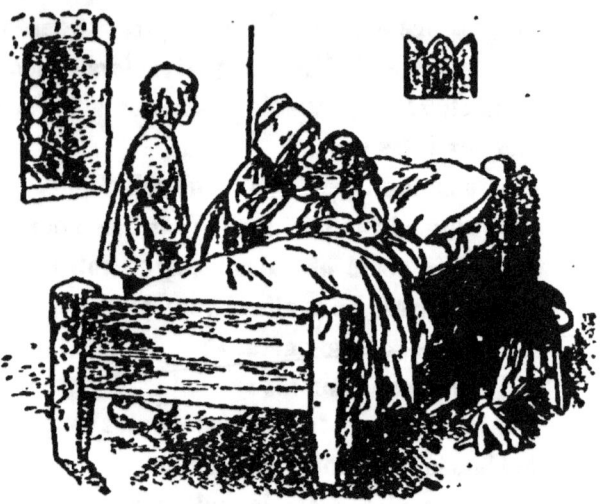

Nadale essaya de la soulever.

« Jehan, continua-t-elle en lui rendant son sourire, va traire notre vache. Dis à mon père qu'il faut une tasse de lait pour cette pauvre petite créature. »

Jehan sortit aussitôt. Nadale se tourna ensuite vers un groupe d'enfants qui se pressaient, curieux, vers le lit de Papiole.

« Vous, les petits, faites bien votre prière, et allez vous coucher. Voyez, Madeleine, tous vos mioches dorment debout ! »

La bûcheronne groupa ses enfants dans un angle de la cuisine. Papiole perçut indistinctement le bruit des voix enfantines récitant les formules saintes; mais, quand Nadale essaya de la soulever, sans heurt, en approchant de ses lèvres le lait savoureux qu'avait apporté Jehan, sa tête pâle retomba inerte sur l'épaule de la jeune fille.

IV

Sœur Hildegarde, aidée par une de ses compagnes, faisait, dans le jardin du couvent, une moisson de lis. On était à la veille d'une fête, et le sanctuaire devait revêtir, ce jour-là, une fraîche parure de fleurs.

« Voyez, ma sœur, disait-elle, ces lis si purs dont rien n'a terni la blancheur. Jamais roi ne fut vêtu avec semblable magnificence. Leurs anthères d'or brillent dans les calices, et leur parfum pénétrant s'exhale comme une ardente prière.

— Vous parlez d'une ardente prière, mes filles bien-aimées, dit l'abbesse qui s'avançait, grave et recueillie. Que la vôtre soit ainsi! Demandez à Dieu qu'il m'éclaire et m'inspire dans tous mes actes. Le révérend Prieur d'Oba-zine m'a envoyé un message m'exhortant à n'agir qu'avec la plus grande circonspection en tout ce qui concerne nos chers orphelins.

— Espérons, ma Révérende Mère, que rien de fâcheux ne leur arrivera!

— Je l'espère aussi, mais je suis tourmentée à leur sujet. Quelques légers incidents m'inquiètent et me troublent. L'attitude de Thibour, hospitalisée ici comme dévote pèlerine, me paraît suspecte. Elle ne témoigne aucun désir de poursuivre son pèlerinage; elle cherche à s'insinuer dans les bonnes grâces de Mathilde et de Geoffroy, à gagner leur confiance. Est-ce habileté de sa part ou réelle sympathie?

— On ne peut les connaître sans les aimer, sans être touchée de leur tristesse, répondit la plus jeune des sœurs.

— C'est vrai, mais quelques mots échappés à Thibour, sa façon d'être me laissent perplexe. Hier encore, je l'ai surprise ici, écoutant, l'oreille tendue, retenant son souffle, la chanson d'un passant. Le trouble qu'elle a manifesté à ma vue m'a frappée, et, depuis cette heure, je ne puis retrouver ma quiétude. Je crains pour nos orphelins, je crains pour notre gentille Papiole!

— Oh! la courageuse enfant! s'exclama sœur Hildegarde. Partir ainsi seule, sans être sûre de trouver un gîte pour la nuit!... Oh! ma Révérende Mère, je ne sais si j'aurais eu le courage d'affronter les périls de la route! »

L'entretien des religieuses fut interrompu par l'arrivée de deux petites paysannes qui s'avançaient, souriantes et timides.

« Révérende Mère, dit l'aînée en s'inclinant devant l'abbesse, voici un rayon de miel au parfum de bruyère. J'ai aussi un bouquet pour la demoiselle de Gimel. »

— Et voici, dit à son tour la plus jeune, en ouvrant son panier, des galettes de sarrasin que ma grand'mère vous envoie. Vous savez que pas une Limousine ne les pétrit comme elle.

— Merci, mes enfants, dit l'abbesse avec un sourire d'ineffable bonté. J'accepte votre offrande qui me prouve vore affection et celle de vos bons parents. Remerciez vos mères, et dites-leur qu'elles ont de vraies amies à l'abbaye de Coiroux.

— Oh! nous le savons, Révérende Mère, reprit l'aînée. Sans vous, nous ne l'oublions pas, nous serions tous morts de faim quand notre père est resté si longtemps malade.

— Sans vous, ajouta la plus petite fille, nous aurions été chassés de notre demeure.

— Assez, assez, chères petites, interrompit l'abbesse souriante. Sœur Hildegarde, suivez-moi; nous porterons à ces enfants des fruits de notre verger. »

L'abbesse et les deux religieuses quittèrent le jardin. Thibour, qui, sans doute, attendait leur départ, arriva presque aussitôt après.

« Dites donc, les petites, qu'y a-t-il de nouveau hors du couvent? Y a-t-il des hommes d'armes dans les environs? »

Les enfants ainsi interpellées demeurèrent un instant surprises; mais la plus grande répondit :

« Oui, en grand nombre; mais on ne se bat pas. Mon frère a rencontré, sur le chemin de Brive à Tulle, une belle dame chevauchant avec des écuyers. Ils se sont arrêtés dans le bois de Migoule.

4 — Pophile.

— Comment était la dame? demanda Thibour vivement.

— La dame était grande; elle avait des cheveux
blonds.

— Les hommes étaient-ils nombreux ?

— Non, une dizaine. Des écuyers tenaient à la bride
des chevaux caparaçonnés qui n'étaient pas montés.

— Des chevaux non montés! répéta Thibour. Sûrement, ils sont destinés à Mathilde et à Geoffroy, pensa-
t-elle. Mais est-ce Guicharde de Lassenac qui vient les
réclamer? Est-ce l'envoyé de Bertrand?... Dis-moi,
petite, comment était la dame?

— Je vous l'ai bien dit : elle est grande. Elle avait une
belle robe.

— Comment se nomme-t-elle?

— Je ne le sais pas.

— Ton frère le sait-il?

— Peut-être.

— Alors cours, cours vite le lui demander. Allons, pars
vite. Qu'attends-tu?

— J'attends les bons fruits que l'abbesse nous a promis.

— Non, dit Thibour impatientée, non, dépêche-toi!
Cours vite auprès de ton frère. Je veux être renseignée
tout de suite ;... mais pars donc. »

Et, voyant que l'enfant ne bougeait pas, Thibour la
poussa rudement par les épaules.

« Mais pars donc, je le veux! »

L'abbesse, suivie de Mathilde et de Geoffroy, pénétrait

de nouveau dans le jardin. Elle aperçut le geste brusque de Thibour.

« Que signifie cet emportement? » demanda-t-elle à la jeune fille, fixant sur elle un regard sévère.

Thibour baissa la tête, confuse d'avoir été surprise dans son mouvement d'impatience.

« Voici, mes chères enfants, pour vous récompenser de votre sagesse, » dit la Révérende Mère, en distribuant les fruits qu'elle avait apportés.

Les petites filles s'avancèrent vers Mathilde après avoir remercié l'abbesse, et lui offrirent une gerbe de fleurs des champs.

« Merci, merci, mes petites filles. Comme vos fleurs sont jolies! » dit la jeune fille souriante.

Geoffroy retira de son escarcelle quelques pièces de menue monnaie et les tendit aux enfants d'un air digne.

« Je voudrais, dit-il, que mon escarcelle fût bien garnie pour vous donner beaucoup. Dites, les pastourelles, y a-t-il des écureuils et des furets dans les bois?

— Oui, seigneur baron, répondit la plus grande des petites paysannes. Mon frère Louis a pris un écureuil, qu'il viendra vous offrir demain.

— Pourquoi pas aujourd'hui? demanda l'impatient Geoffroy.

— Parce que, tout garçon qu'il est, il est plus curieux qu'une fille. Pierre, le frère de mon amie, lui a dit qu'une belle dame et des écuyers montés sur des chevaux magnifiques se sont arrêtés dans le bois de Migoule. Louis y a couru, mais ne se pressera pas de revenir.

— Tu lui diras, quand il sera de retour, de m'apporter bien vite cet écureuil.

— Oui, seigneur baron. »

Puis saluant profondément l'abbesse, la petite paysanne lui dit :

« Révérende Mère, nous vous remercions de vos bontés pour nous.

— A bientôt, mes enfants. »

A peine les petites filles s'étaient-elles éloignées, que Mathilde se rapprocha vivement de l'abbesse.

« Quelle peut être cette femme escortée d'hommes d'armes dont cette enfant vient de parler?

— Ne serait-ce pas l'envoyée de Bertrand? » murmura l'abbesse répondant à une pensée intime plutôt qu'à la question de Mathilde.

« L'envoyée de Bertrand? déjà? Oh! ce n'est pas possible!

— Révérende Mère, qu'allons-nous devenir? »

Cet appel désespéré était prononcé par sœur Hildegarde qui, les mains levées, le visage bouleversé, s'avançait vers l'abbesse. Elle continua :

« Des hommes d'armes envahissent la cour. Les uns placent les chevaux dans les écuries, les autres se dirigent vers les cuisines...

— Calmez-vous, ma sœur, dit posément l'abbesse; avant de vous alarmer, il faut connaître la cause de cette arrivée. N'y a-t-il pas une noble dame?

— Si. Elle cause avec Thibour, qu'elle semble connaître. »

Un pli profond s'accentua sur le beau front de Jeanne de Lastours.

« Ma sœur, je vais avec vous, dit-elle simplement.

— Moi aussi, moi aussi ! » s'écria Geoffroy.

Mais déjà la noble dame, suivie de Thibour, s'avançait vers la Révérende Mère. Elle s'inclina gracieusement et dit :

« Noble abbesse, je viens, au nom de Bertrand de Born, vous remercier de l'hospitalité que vous avez donnée si généreusement aux orphelins de Gimel. Désireux de les voir rentrer au plus vite en possession de leurs biens, le seigneur d'Hautefort m'en confie désormais la garde. Je les reçois de votre main pour les conduire à Gimel.

— Quel bonheur ! quelle joie ! s'écria Geoffroy. Quand partirons-nous, madame ? »

Guicharde, car c'était elle, observait Mathilde, qui demeurait silencieuse et pensive.

« Vous ne me dites rien, noble demoiselle ? N'êtes-vous pas heureuse de recouvrer votre liberté ? demanda-t-elle.

— Ma liberté ? Mais je ne suis point prisonnière, ici ! N'avons-nous pas trouvé une tendresse maternelle pour nous consoler ? »

Elle se tourna vers l'abbesse.

« Mon cœur se serre à la pensée de vous quitter, madame. Je devrais être heureuse de rentrer à Gimel, de voir mon frère rétabli dans ses droits féodaux. Mais que notre fière demeure me paraîtra sombre et vide, maintenant que notre père bien-aimé n'est plus ! »

Guicharde eut un sourire ironique.

« La race des Gimel était jusqu'à ce jour intraitable
et hautaine, fanatique d'indépendance. Au contact de ces
humbles recluses, vous avez perdu ces traits particuliers
Peut-être cela vaut-il mieux !...

— Madame, interrompit l'abbesse, en recevant sous
mon toit ces chers enfants, dépôt sacré que m'a confié
Bertrand de Born, j'ai juré de ne les rendre qu'à la
personne m'apportant la preuve irrécusable qu'elle est
bien l'envoyée de Bertrand. Qui êtes-vous ? »

Guicharde se redressa orgueilleusement.

« Une femme de haute noblesse. Cela suffit. Mettriez-
vous en doute l'authenticité de ma mission ?

— Rien ne la prouve.

— Vous me soupçonnez d'imposture ?

— Il ne m'appartient point de vous juger ; mais jusqu'au
jour où j'aurai la preuve certaine que le seigneur d'Hautefort réclame ses protégés, ils ne franchiront point le seuil
de l'abbaye. »

Jeanne de Lastours semblait grandie par la dignité et
le calme qu'elle opposait à l'arrogance de Guicharde.
Celle-ci reprit :

« Et cette preuve, quelle est-elle ?

— Vous la connaissez, si votre mission est réelle. »

Guicharde s'inclina et dit avec un sourire condescen-
dant :

« J'admire votre prudence, noble abbesse, et n'ai
qu'à vous féliciter. Veuillez m'excuser d'avoir voulu mettre
votre sagesse à l'épreuve. Bertrand de Born ne pouvait
confier ces orphelins à des mains plus sûres que les vôtres,

pas plus qu'il ne pouvait mieux placer votre anneau que dans les miennes. Le voici, cet anneau, en échange duquel vous devez remettre Mathilde et Geoffroy de Gimel. Le reconnaissez-vous? »

Elle présentait à l'abbesse l'anneau qu'elle venait de retirer de son aumônière.

« C'est le mien! » dit l'abbesse.

Elle prit l'anneau qu'elle tint un instant devant ses yeux.

« Anneau béni, dit-elle, dont le symbole m'est si doux, tu m'es plus précieux qu'aucun bijoux mondain! Je te retrouve pour ne plus te quitter jamais! »

Elle le baisa pieusement et le replaça à son doigt.

« C'est donc bien vrai, madame, que vous êtes l'envoyée de Bertrand? s'exclama joyeusement Geoffroy en s'avançant vers Guicharde. Je suis bien content de retourner à Gimel où je serai le maître; mais je veux emmener avec moi frère Anselme. Il n'est ennuyeux que quand il exige que je sois attentif à ses leçons. A part cela, il est bon, et je l'aime. Il sera notre chapelain, veux-tu, Mathilde? »

Mais Mathilde, en proie à une tristesse dont elle ne s'expliquait pas l'intensité, laissa sans réponse la question de Geoffroy.

« Révérende Mère, disait-elle, j'ai le cœur bien triste à la pensée de vous quitter. Ce ne sera pas pour longtemps; je viendrai vous voir souvent : Gimel n'est pas loin de Coiroux.

— Vous serez toujours la bienvenue ici, chère enfant!

— Je doterai richement les deux abbayes d'Obazine et de Coiroux! dit Geoffroy.

— L'heure presse, interrompit Guicharde. Hâtez vos préparatifs de départ. Avant que le soleil ne disparaisse à l'horizon, nous devons être hors de Coiroux.

— Comment? A peine arrivée, vous parlez de repartir, noble dame? dit l'abbesse étonnée. Acceptez l'hospitalité que je vous offre. Vos hommes d'armes trouveront un abri chez les moines d'Obazine, et les chevaux auront de la paille fraîche dans les dépendances de l'abbaye.

— Non, je dois repartir à l'instant même. C'est à la faveur de la nuit que nous regagnerons Gimel sans danger. Il le faut! Les écuyers ont reçu l'ordre de ne pas débrider les chevaux.

— Mais pourquoi cette hâte excessive?

— Je l'exige! »

L'abbesse attira tendrement Mathilde vers elle.

« Ma fille bien-aimée, ma tendresse comme ma pensée vous suivra toujours. Dès votre arrivée à Gimel, vous m'enverrez un message pour me rassurer sur votre voyage. Je suis inquiète, troublée... Jamais, jusqu'à cette heure, je n'avais éprouvé semblable angoisse! »

Guicharde réprima un mouvement d'impatience.

« Allons, hâtez-vous! répéta-t-elle. Je vous attends ici. »

L'abbesse et les orphelins sortirent.

Thibour se rapprocha de Guicharde.

« Je désespérais de vous revoir jamais! Comment se fait-il que vous ayez attendu si longtemps pour réclamer les orphelins, puisque vous étiez en possession de l'anneau depuis dix jours au moins? Thiébaud me l'a dit.

— Un trop grand empressement eût éveillé les soupçons. Nous n'avions pas à craindre que Papiole parlât, puisqu'elle est devenue la proie des loups. Mieux valait donc agir sans précipitation, avec une extrême prudence.

— Papiole dévorée par les loups! s'écria Thibour d'une voix angoissée. Oh! la malheureuse enfant! N'auriezvous pu éviter?...

— Tais-toi! dit brusquement Guicharde, lui saisissant le bras... On vient! »

Et, se penchant vers la jeune fille, elle continua tout bas :

L'abbesse attira Mathilde vers elle.

« Tu resteras quelque temps encore à l'abbaye, pour que l'abbesse ne se doute pas de notre entente. Quand tu viendras me retrouver à Lassenac, tu recevras, de la part de Richard, une magnifique récompense. »

Elle se tut. Une religieuse entrait, suivie de plusieurs écuyers auxquels elle remit des ballots de vêtements pour les voyageurs et des provisions de route.

Pendant ces derniers préparatifs, Guicharde et Thibour, isolées dans un angle de la pièce, continuaient leur colloque à voix basse : Guicharde triomphante, Thibour avec une expression de regret, un trouble involontaire.

A la pensée du meurtre de Papiole, un sentiment d'angoisse, de remords, qu'elle n'avait jamais éprouvé jusque-là, étreignait son cœur, s'emparait de tout son être.

Elle se détourna à l'entrée de Mathilde, qui, la tête appuyée sur l'épaule de l'abbesse, s'abandonnait à l'émotion des adieux.

Pour échapper à la lutte qui se livrait en elle, Thibour s'esquiva de la salle, s'enfuit à travers les longs couloirs dans une pièce retirée où elle s'assit. Les coudes sur les genoux, la tête dans ses mains, elle se boucha les oreilles pour ne point entendre les pas des chevaux, les appels des écuyers, la voix des orphelins envoyant un dernier adieu.

. . . .

Nadale, debout près du lit de Papiole, soulevait la courtine qui abritait la malade et guettait anxieusement sur ce pâle visage d'enfant l'expression de calme si impatiemment attendue. Depuis la nuit terrible où Jehan l'avait remise entre les mains de sa mère et de Nadale, Papiole avait repris des forces.

La vie était revenue, la blessure peu profonde se cicatrisait rapidement, mais les paroles de l'enfant étaient incohérentes, sans suite. Papiole avait perdu la mémoire. La frayeur et l'émotion violentes qu'elle avait ressenties

avaient déterminé ce cas d'amnésie qui était d'autant
plus cruel pour Papiole qu'elle cherchait vainement à se
ressaisir.

Nadale partageait sa peine et lui consacrait ses jours
et ses nuits, dans le dévouement le plus affectueux. Avec
une ingénieuse tendresse, elle essayait de ramener la
pensée de Papiole vers ce passé qu'elle aurait tant voulu
connaître, pour rendre sa petite amie à sa famille, à
ceux qui l'aimaient.

Papiole, à son réveil, répondit au tendre baiser de
Nadale par un sourire très doux; mais son regard restait
vague, indécis. Nadale, qui, la veille, avait tant prié
pour sa petite protégée, la souleva d'un bras caressant
et, se penchant vers elle, lui adressa de douces paroles.
Elle lui parla de la statue miraculeuse de la Vierge, que
l'on venait de découvrir dans le causse[1] du Quercy.
Jehan et Nadale avaient fait le vœu de s'y rendre, si la
bonne Vierge leur obtenait, pour leur mariage, le con-
sentement que le père de Nadale refusait, parce que
Jehan était trop pauvre. Ils avaient aussi recommandé
Papiole à la Vierge et promis de l'emmener avec eux,
quand ils iraient faire bénir l'anneau nuptial, l'anneau
d'or, disait Nadale.

« L'anneau d'or! répéta vivement Papiole, comme si
cette parole l'eût réveillée d'un long sommeil. Tu dis:
l'anneau d'or! L'anneau, l'anneau de l'abbesse! Oh! je
sais! Je sais maintenant! »

[1] Plateau inculte de matière calcaire. Roc-Amadour, où l'on vénère une statue
de la Vierge, découverte à cette époque, est situé sur le Lot.

Papiole posa ses mains jointes sur ses yeux et demeura un instant muette, saisie d'une violente émotion.

« Je me souviens de tout, maintenant! » s'exclama-t-elle.

Et, passant son bras autour du cou de son amie, elle lui raconta avec vivacité les événements qui précèdent

« Oh! Nadale, il faut que je parte! Depuis quand suis-je ici? Depuis quinze jours, dis-tu? Oh! il faut que j'aille vite prévenir l'abbesse de Coiroux. Il sera peut-être trop tard! Guicharde de Lassenac aura enlevé les orphelins de Gimel! Elle m'a volé l'anneau d'or, l'anneau de l'abbesse, en échange duquel Mathilde et Geoffroy de Gimel lui auront été confiés. Vite, vite! Je dois partir.

— Tu ne peux partir encore, dit Nadale, joyeuse et émue; mais nous t'aiderons de notre mieux à remplir ta mission. Je vais prévenir nos amis. »

Nadale appela la bûcheronne, qui vaquait, autour de la chaumière, à ses occupations de ménagère; elle la mit au courant du changement survenu dans l'état de Papiole et courut jusqu'à la forêt, d'où elle ramena Jehan et son père.

Tous quatre, groupés autour de la fille du ménestrel, écoutaient dans un respectueux silence le récit qu'elle leur faisait : récit merveilleux pour ces pauvres gens, dont l'imagination entrevoyait pour la première fois ces fiers seigneurs, ces nobles dames aux prises avec la triste réalité de l'ambition et de l'orgueil.

Papiole exprima si énergiquement sa résolution de partir pour Coiroux le jour même, qu'il fut décidé que Jehan l'y accompagnerait. Nadale s'engagea à lui fournir pour monture l'âne gris dont son père était l'orgueilleux propriétaire.

. . . .

Le soleil de midi inondait la campagne de ses rayons quand Papiole fit ses adieux à ses bons amis, ou plutôt leur dit au revoir.

La noble enfant savait qu'elle avait envers eux une grande dette de reconnaissance, dont elle ne pourrait jamais s'acquitter.

« J'aimerai Nadale comme une sœur, et Mathilde de Gimel assurera l'aisance de ces braves bûcherons! » se dit-elle, pendant qu'elle s'éloignait au pas sûr de « Grisonnet » que Jehan tenait par la bride.

Jehan souriait parfois en écoutant Papiole, qui, toute pâle, mais l'œil vif, lui parlait si gentiment de Nadale. Ils marchèrent ainsi plusieurs heures, sans que l'allure de Grisonnet et le pas souple du jeune homme se fussent ralentis. Ils atteignirent l'auberge où ils devaient passer la nuit.

La famille de Jehan y était connue; ils y furent bien accueillis. L'hôtesse eut grand soin de Papiole, et le jeune bûcheron put recueillir des indications très précises sur le chemin le plus court pour arriver à Coiroux.

. . . .

A mesure qu'elle se rapprochait de l'abbaye, Papiole devenait de plus en plus anxieuse. Y retrouverait-elle encore les orphelins de Gimel? Son cœur battait à rompre

sa poitrine quand elle demanda à la sœur qui lui ouvrait
la porte du monastère :

« Mathilde et Geoffroy de Gimel sont-ils ici? »

La religieuse, surprise de voir Papiole, ne répondit
pas à sa question.

« Vous, Papiole? Chère enfant ! comme vous êtes pâle
et amaigrie ! Que vous est-il arrivé? »

Mais Papiole, absorbée par son idée fixe, traversait le
jardin et courait comme une flèche vers la cellule de la
Mère abbesse, laissant Jehan et Grisonnet en face de la
bonne sœur portière.

Elle frappa vivement à la petite porte. Dès qu'elle eut
perçu l'autorisation donnée par la voix calme de la Révérende Mère, elle entra et se précipita dans les bras qui
s'ouvraient pour la recevoir.

« Papiole!... Papiole!...

— Oh! ma Révérende Mère, Mathilde et Geoffroy sont-
ils encore ici?... Guicharde de Lassenac m'a volé votre
anneau!...

— Guicharde t'a volé mon anneau!... Elle n'était donc
pas l'envoyée de Bertrand? s'écria l'abbesse en proie à
une violente émotion. Comment te l'a-t-elle dérobé? »

Papiole montra son vêtement maculé de sang et déchiré
par le poignard de Thiébaud, sans donner d'autre explication. Elle répéta d'une voix angoissée :

« Mathilde et Geoffroy de Gimel sont-ils encore ici?

— Ils sont partis depuis plusieurs jours... Oh! mon Dieu!
s'écria l'abbesse, que sont-ils devenus?

— Il faut que je les retrouve!... C'est ma faute!...

répéta Papiole dans un long sanglot. Je n'ai pas été assez prudente!... Je n'aurai pas dû m'endormir au bord du chemin!... »

Et, la voix brisée par les larmes, Papiole fit le récit

Papiole courait vers la cellule.

de sa rencontre avec Guicharde et de la tentative de meurtre dont elle avait été l'objet.

« Ne perdons pas courage, chère enfant! dit l'abbesse. Guicharde et ses prisonniers ne peuvent être si loin de Coiroux qu'on ne puisse encore les atteindre. Je vais faire demander au prieur d'Obazine de vouloir bien descendre pour qu'en cette occurrence il décide ce qu'il convient de

faire. Viens, Papiole, tu as besoin de réparer tes forces.
Je vais te confier à sœur Hildegarde, et ton compagnon
de route, après s'être réconforté ici, sera conduit chez les
moines qui lui donneront l'hospitalité. »

Sœur Hildegarde fit à Papiole l'accueil le plus affectueux; elle l'amena dans le réfectoire et l'engagea avec
une gracieuse insistance à faire honneur aux mets qu'elle
lui servait.

Un pas rapide sur le gravier de la cour attira son attention : elle avait reconnu l'allure vive et alerte de Thibour.

Elle se pencha à la fenêtre et dit :

« Venez au réfectoire, Thibour; venez vite! »

Et, se tournant vers Papiole :

« Comme elle sera agréablement surprise de vous voir
ici!... Votre présence l'égayera. Depuis le départ de
Mathilde et de Geoffroy, nous ne la reconnaissons plus.
Elle a complètement perdu son entrain; une tristesse que
nous ne pouvons nous expliquer s'est emparée d'elle. On
la dirait en proie à un chagrin violent. En vain avons-
nous essayé de la consoler, de provoquer ses confidences :
elle demeure impénétrable, et sa peine semble augmenter
chaque jour. »

La porte s'ouvrit. Thibour, la physionomie douloureuse, s'arrêta sur le seuil.

Elle regarda Papiole et poussa un cri :

« O Papiole! Est-ce bien toi, ou suis-je le jouet d'un
rêve?... Tu n'es donc pas morte?... Oh! que je suis
heureuse! »

Elle s'affaissa sur un banc en éclatant en sanglots.

Papiole s'élança vers elle pour l'embrasser; d'un bond, Thibour fut hors de sa portée.

« Ne m'approche pas! dit-elle. Ne m'embrasse pas, Papiole!... Je ne le mérite pas! Si tu savais ce que j'ai fait, tu me maudirais!...

— Je sais que tu es bonne! dit simplement Papiole étonnée.

— Non, je ne suis pas bonne!... C'est moi qui t'ai trahie!...

— Oh! s'écrièrent à la fois Papiole et sœur Hildegarde. Est-ce possible?...

— Oui, c'est moi! répéta Thibour. J'ai servi d'espionne à Guicharde de Lassenac. C'est moi qui la tenais au courant de ce qui se passait ici; c'est moi qui l'ai prévenue que tu portais l'anneau de l'abbesse à Bertrand, moi qui t'ai épiée à ton départ pour te trahir; moi qui ai failli causer ta mort!... Oh! Papiole! tu ne sauras jamais ce que j'ai souffert depuis que je te croyais morte, dévorée par les loups dans la grande forêt!... Mais tu vis, et je suis délivrée d'un remords cuisant pour ce qui te concerne. Ma sœur, dit-elle en se retournant vers la religieuse, dont la physionomie exprimait une émotion intense, vous direz à l'abbesse que je lui demande pardon de l'avoir trompée. Je pars... Je quitte pour jamais cette abbaye qui m'a été hospitalière et que ma présence profane. »

Elle se dirigea vers la porte; mais Papiole et sœur Hildegarde la retinrent.

« Thibour, dit doucement Papiole en posant sa tête sur l'épaule de la jeune fille, Dieu t'a déjà pardonné, la Révé-

5 — Papiole.

rende Mère te pardonnera aussi... Tu devais être l'instrument de ma perte, de celle des orphelins de Gimel; change de rôle, deviens notre alliée contre Guicharde de Lassenac : aide-nous à sauver Mathilde et Geoffroy. Veux-tu?

— Oh! puissions-nous les sauver!... Je donnerais ma vie pour eux! » s'écria Thibour d'une voix ardente.

Deux heures plus tard, les deux jeunes filles étaient en présence de l'abbesse de Coiroux et du prieur des moines d'Obazine.

Thibour, avec une franchise complète, les mit au courant du complot tramé contre les orphelins de Gimel; sans aucune réticence, elle dévoila le rôle qu'elle avait tenu dans cette intrigue où l'avait jetée son esprit aventureux plus que l'appât d'une récompense.

Au courant du plan de Guicharde, connaissant à peu près son itinéraire, elle devenait un guide précieux. Spontanément, elle s'offrit à partir avec les sauveteurs que le prieur allait envoyer au secours des orphelins.

Il fut convenu que, dès le lendemain, Thibour et Papiole, sous la garde de Jehan le bûcheron, se mettraient à la poursuite de Guicharde et de ses victimes. Leur escorte, composée de dix hommes d'armes, devait être commandée par le chevalier Renaud, digne à tous égards de la confiance du prieur et de l'abbesse.

Ce soir-là, Thibour s'endormit apaisée, et Papiole envoya vers le ciel une prière ardente pleine d'une douce espérance.

LE CHATEAU DES ÉTEULES

La tempête, qui faisait rage au dehors, courbant les grands arbres, tordant les peupliers, sifflant à travers les meurtrières du château dés Éteules, augmentait l'impression de terreur qui accablait Mathilde et Geoffroy prisonniers dans ces ruines.

Il faisait nuit noire, et les deux orphelins, blottis l'un près de l'autre sur le banc à dossier, unique meuble de la pièce qu'ils occupaient, tremblaient d'effroi aux gémissements du vent sous les portes, au choc des tuiles s'écroulant du donjon où ils étaient enfermés.

Le bruit du tonnerre, décuplé par l'écho des montagnes environnantes, les faisait tressaillir. Éblouis un instant par la lueur fulgurante des éclairs, ils croyaient voir, dans l'obscurité rendue plus profonde par le contraste de cette rapide lumière, des fantômes prêts à les saisir.

Geoffroy, au paroxysme de la frayeur, cachait sa tête sur les genoux de Mathilde, qui n'essayait point de le rassurer. Comment aurait-elle pu donner à l'enfant le calme qu'elle ne possédait pas? D'un geste maternel, elle caressait ses boucles blondes, mais ne lui parlait point. Qu'aurait-elle pu lui dire?

Pouvait-elle lui dévoiler sa pensée qui entrevoyait l'avenir plus terrible peut-être pour eux que l'heure présente?

Quel était le plan de Guicharde? A qui allait-elle les livrer? Que deviendrait son jeune frère, cet enfant au cœur bon, mais au caractère faible, si on le séparait d'elle? Allait-on l'enfermer dans un cloître ou le mettre à mort, loin de ce doux Limousin dont on les arrachait?

Elle revivait cette heure d'angoisse où la vérité lui était apparue dans toute son horreur, où Guicharde s'était montrée non plus sa bienfaisante protectrice, mais son implacable ennemie.

A mi-chemin du château de Gimel que les orphelins espéraient bientôt atteindre, Guicharde avait donné l'ordre d'obliquer à gauche, à travers champs. Mathilde, sous le coup de la violente surprise qu'elle éprouvait à cette injonction inattendue, avait arrêté sa monture et appelé Geoffroy à ses côtés :

« Pourquoi nous écartons-nous de la route directe? » avait-elle demandé.

Guicharde, sans daigner lui répondre, réitérait son ordre et se dirigeait vers la prairie. Mathilde s'était penchée vers son frère.

« Allons droit vers Gimel! » lui avait-elle dit.

Elle avait excité son cheval, celui de Geoffroy; mais à peine s'étaient-ils éloignés de quelques mètres, qu'ils étaient rejoints par deux soldats.

« N'essayez pas de nous fuir, ma belle enfant, avait dit Guicharde, et, pour ne pas succomber à la tentation, lâchez les rênes. »

D'un geste rapide, elle souleva le jonc flexible dont elle excitait sa jument blanche, et cingla brutalement les mains de Mathilde.

La jeune fille poussa un cri de douleur, tandis que ses bras retombaient inertes. Un écuyer saisit la bride de son cheval, et Guicharde, après avoir jeté à sa victime un regard plein de haine, se remit à la tête de ses hommes.

Trois journées s'étaient écoulées depuis cette scène, journées de fatigue passées à dos de cheval, journées de torture morale pendant lesquelles Mathilde se demandait cent fois quel pouvait être le but de ces interminables chevauchées. En vain l'orpheline avait-elle demandé à Guicharde de quel droit elle l'emmenait loin de Coiroux : prières, instances, menaces même, tout avait été inutile. Cette femme restait sans pitié devant la douleur des deux enfants. Celle de Geoffroy, d'abord violente, avait fait place à une morne tristesse, et Mathilde constatait avec angoisse les changements que ces quelques journées d'épreuve avaient fait subir à son frère.

On avait atteint le château des Éteules, château désert, abandonné après l'écroulement du corps de logis que l'Anglais avait détruit. Seul, le donjon restait debout, veuf de ses créneaux. A l'approche de l'orage, Guicharde avait entrevu ces ruines. Après s'être assurée qu'elle y trouverait un abri pour sa troupe et pour ses chevaux, elle fit conduire les prisonniers jusqu'au second étage du donjon, où ils furent enfermés.

Mathilde ne savait rien de plus.

Pendant qu'elle s'absorbait dans ses tristes souvenirs, l'orage avait cessé.

Guicharde et ses complices, délivrés de la crainte que les orages violents provoquent même chez les plus courageux, songèrent à se divertir pour tromper la longueur des heures.

Un grand feu clair fut allumé dans l'immense cheminée du rez-de-chaussée, où Guicharde prit place vis-à-vis de Thiébaud le ménestrel. Un des hommes à la face réjouie vint y allumer une torche de bois résineux, et, suivi d'un de ses compagnons, il alla explorer les ruines.

Tous deux revinrent bientôt, le sourire aux lèvres; ils posèrent sur la table boiteuse plusieurs outres de vin qui soulevèrent les applaudissements de tous.

Ils remplirent le gobelet d'argent de Guicharde et celui de Thiébaud, et, retournant vers leurs camarades, ils leur distribuèrent généreusement le vin au parfum capiteux.

Aussitôt l'ivresse fit son œuvre. D'abord la chaleur généreuse du breuvage vermeil avait excité la gaieté des hommes d'armes. Thiébaud lui-même, se sentant redevenir joyeux, avait retrouvé ses gaies chansons; sa voix sonore et les sirventes soulevaient les applaudissements de ses hommes batailleurs et rudes, provoquaient le sourire de Guicharde.

Mais les libations se renouvelant trop fréquentes, la langue des buveurs s'alourdit, leurs sens s'appesantirent, et tous s'endormirent dans la grande salle, où bientôt l'on n'entendit plus que des ronflements sonores. Guicharde elle-même, brisée de fatigue, étouffant dans l'atmosphère épaisse, appuya sa tête au dossier de son banc et s'endormit profondément.

Elle n'aperçut pas, derrière la fenêtre barrée de fer, un homme jeune qui, le sourire aux lèvres, quittait ce poste d'observation. Jehan le bûcheron, car c'était lui, s'éloigna sans bruit et rejoignit quelques minutes après, dans le bois, Papiole, Thibour et leur escorte.

La petite troupe, partie d'Obazine depuis plusieurs jours, avait courageusement supporté l'orage, se contentant d'un abri dans les fourrés épais. Ces dévoués amis de Mathilde avaient aperçu au loin l'escorte de Guicharde et, avec d'infinies précautions, avaient pu, sans donner l'éveil, la rejoindre au château des Éteules.

Les renseignements de Jehan furent accueillis avec la plus grande joie. Les prisonniers, d'après ce qu'il avait observé, devaient être enfermés dans une autre salle que celle où se tenaient leurs gardiens ; ceux-ci étaient si profondément endormis par l'ivresse, qu'ils n'étaient plus un obstacle à la délivrance des chers orphelins.

Au moment de voir se réaliser leur plus ardent désir, Papiole et Thibour étaient envahies par la crainte qu'un obstacle ne surgît.

Le chevalier Renaud et Jehan convinrent que la petite troupe se tiendrait à proximité du château. Jehan, seul, muni d'une torche, explorerait les ruines pour découvrir Mathilde et Geoffroy. S'il parvenait à les délivrer sans que leurs gardiens s'en aperçussent, il les amènerait vers la troupe qui, en toute hâte, rebrousserait chemin. Dans le cas où la présence de quelque garde l'empêcherait d'arriver aux deux prisonniers, il viendrait demander main-forte à ses amis.

Sans perdre un instant, Jehan repartit à une allure rapide, pendant que la petite troupe s'acheminait sans bruit dans la même direction. Le bûcheron, ayant atteint le château, pénétra sous une voûte, battit le briquet, alluma une torche, et, prudemment, s'engagea dans les ruines.

Il s'assura, en passant devant la grande salle où les buveurs gisaient pêle-mêle, que tous étaient endormis; plus calme, il commença ses investigations.

Il explora vainement le rez-de-chaussée et s'engagea dans l'escalier de pierre qui conduisait au donjon; il s'arrêta après une courte ascension devant une porte fermée par un énorme verrou. Saisir ce verrou, le faire glisser, fut la première pensée de Jehan; mais un instinct de prudence le retint; il prêta l'oreille. Il lui semblait percevoir des sanglots d'enfants. Une voix douce s'éleva bientôt, une voix toute maternelle, disant des mots de tendresse, de consolation. Les prisonniers étaient là. Mais étaient-ils seuls?

Jehan écouta plus attentivement encore et, jugeant par la conversation des orphelins qu'ils étaient seuls, il n'hésita plus.

Sans secousse, sans bruit, il fit glisser le verrou; la porte tourna sur ses gonds rouillés.

Jehan souleva la torche, et les prisonniers poussèrent

un cri de terreur en voyant, dans la clarté inattendue,
un inconnu qui s'avançait vers eux. D'un mot, le jeune
homme les rassura.

« Je suis l'ami de Papiole, dit-il. L'abbesse de Coiroux
m'envoie vers vous. Suivez-moi, je vous sauverai. »

Les yeux de Mathilde se
dilatèrent dans une expression de joie et d'étonne-
ment; un sourire disten-
dit ses lèvres pâles, et
sans dire un mot de re-
merciement, tant son émo-
tion était intense, elle
saisit Geoffroy par la main
et l'entraîna à la suite de
Jehan.

Les fugitifs descendirent
avec précaution. Les dé-
bris qui encombraient les
marches roulaient sous
leurs pieds; ils s'arrê-

Les fugitifs descendirent avec précaution.

taient alors, pleins d'angoisse, craignant que ce bruit,
aussi léger qu'il fût, n'éveillât la méfiance de leurs gardiens.

Le cœur palpitant, ils arrivèrent au bas de l'escalier.
Jehan éteignit sa torche, prit la main de Mathilde, qui
entraînait toujours Geoffroy derrière elle, et, glissant
comme des ombres, ils passèrent sans être vus devant la
salle d'où s'échappaient des ronflements sonores.

Ils traversèrent ainsi la cour et pressèrent le pas dès qu'ils eurent franchi l'enceinte du château.

Papiole fut la première à les apercevoir. Elle courut vers eux, saisit la main de Mathilde pour la baiser; mais la jeune baronne entoura de ses bras le cou de sa petite amie et l'embrassa sans pouvoir lui parler.

« Ne perdons pas un instant, je vous en conjure, dit le chevalier Renaud : il y va de notre vie à tous! »

Un écuyer avait amené deux chevaux. Mathilde et Geoffroy se mirent en selle, et la petite troupe silencieuse s'engagea de nouveau dans la forêt.

Au point du jour, montures et cavaliers, harassés de fatigue et mourant de faim, s'arrêtaient devant une auberge.

Malgré la nécessité de mettre la plus grande distance entre les fugitifs et leurs ennemis, un repos était indispensable.

Pendant que les hommes s'occupaient de leurs chevaux, que l'aubergiste préparait en toute hâte un repas pour ses hôtes, Mathilde, Papiole et Thibour se faisaient le récit des événements survenus depuis leur séparation.

Mathilde et Geoffroy, émus jusqu'aux larmes du dévouement de Papiole, du touchant repentir de Thibour, remerciaient leurs amies avec effusion; tous, après les terribles angoisses des jours précédents, jouissaient de se voir réunis et libres.

« Libres! » répétait Geoffroy pour la vingtième fois.

Mais l'étaient-ils vraiment?

Le chevalier Renaud, qui pressait le maître de céans

dans les préparatifs du repas, ne semblait pas les considérer comme tels. Il voulait repartir au plus vite, afin d'échapper à la poursuite de Guicharde, qui n'abandonnerait pas ainsi sa proie.

Combien de temps s'était-il écoulé entre l'instant de leur fuite et celui de la découverte de leur évasion? A peine quelques heures, que les chevaux de Guicharde pourraient facilement regagner sur eux. Papiole et Thibour secondèrent l'hôtesse dans ses apprêts culinaires.

Mathilde et Geoffroy furent servis dans une chambre à part, pendant que les hommes de l'escorte, entourant la table de la cuisine, faisaient honneur au repas.

Le chevalier paya largement leur écot et tendit à l'hôtelier une pièce d'or en lui demandant d'être discret.

De nouveau, les chevaux furent sellés et les voyageurs s'éloignèrent sous les regards curieux de l'aubergiste et de sa femme, qui se demandaient quels pouvaient être ce jeune seigneur et cette noble dame qui ne voulaient pas être reconnus.

Heureux de cette bonne aubaine, survenue presque à l'aube du jour, ils ne s'attendaient pas à la nouvelle surprise que leur réservait cette journée.

Ils étaient encore sous l'impression de cet événement, quand de nouveaux appels, des hennissements de chevaux retentirent dans la cour de l'auberge.

Le spectacle du matin se renouvelait : noble dame, écuyers, hommes d'armes descendaient de selle. Un homme qui ne portait point d'armure, mais qui était revêtu d'un pourpoint de velours, s'avança vers l'hôtesse.

« Préparez-nous vite un repas, nous sommes pressés ! »

Et dès que l'aubergiste eut transmis cet ordre à sa femme, Thiébaud, car c'était lui qui venait de parler, le tira par le bras et, l'emmenant à l'écart :

« N'avez-vous point hébergé, ou vu passer, une jeune dame noble avec un jeune garçon ? »

L'hôtelier fit un geste de dénégation.

« Cependant ils ont pris cette direction, pensa Thiébaud ; l'empreinte que les sabots des chevaux ont laissée sur la terre humide en est une preuve. Nous aurions dû les atteindre... Allons, mon brave, continua-t-il tout haut, rappelez vos souvenirs. N'avez-vous pas eu, ce matin, d'autres clients que nous ? Vous ne voulez point parler ? Mais nous avons un moyen de vous délier la langue ! »

Guicharde ouvrait déjà son aumônière. L'hôtelier restait muet. Assurément, il discutait avec sa conscience. Manquerait-il à sa promesse d'être discret ? Vendrait-il ses premiers hôtes en acceptant l'or de ces derniers ? Laisserait-il échapper cette nouvelle aubaine ?

A ce moment il revit la physionomie douce et triste de Mathilde, le visage pâle du jeune baron et, ému malgré lui, il tourna sur ses talons en disant avec un soupir :

« Non, je n'ai point vu de dame noble ni de seigneur. »

Thiébaud l'observait du coin de l'œil ; il sourit et murmura entre ses dents :

« Nous arriverons à l'aveu, mon bonhomme ! »

Guicharde haussa les épaules.

« Pas besoin d'insister, dit-elle. La femme ne serait point femme si elle savait garder un secret. »

L'altière Guicharde releva d'un geste hautain la traîne de sa robe et pénétra dans la cuisine, où boudins et saucisses grillaient sur la braise ardente.

« L'odeur de votre cuisine ouvre l'appétit, bonne femme, dit-elle en s'avançant vers l'hôtesse, qui, à ce compliment, rougit de plaisir. Vous auriez, j'en suis certaine, de nombreux clients, si votre auberge ne se trouvait pas sur une route peu fréquentée ; mais dans ce pays perdu, vous ne devez avoir que de très rares voyageurs. Je suis sans doute la première dame de qualité qui vous ait fait l'honneur de manger chez vous ? »

La femme, blessée du ton méprisant avec lequel Guicharde prononçait cette dernière phrase, riposta vivement :

« Une plus belle et plus jeune que vous s'est arrêtée ici, il n'y a pas encore longtemps. Elle s'est régalée de jambon fumé et de galettes de blé noir que je lui ai servis !

— Une femme noble s'est régalée de votre cuisine ? J'en doute !

— C'est pourtant vrai !

— Vous aurez pris pour une châtelaine quelque comédienne vêtue de ses oripeaux !

— Ne vous en déplaise ! Celle dont je parle était sûrement aussi noble que vous. Sa robe de velours, son chaperon brodé de perles, et plus encore l'expression fière de son visage indiquaient bien son rang. Son entourage la traitait avec le plus grand respect, et l'on nommait son jeune frère : seigneur baron.

— Seigneur baron ! s'exclama joyeusement Guicharde, et ce titre, on le donnait à un enfant, dites-vous?... Écoutez, bonne femme, continua-t-elle d'un ton grave, je veux vous récompenser généreusement si vous consentez à répondre à mes questions.

— Vous avez donc grand intérêt à être renseignée? remarqua la femme, soupçonneuse.

— Simple curiosité ! dit négligemment Guicharde.

— Simple curiosité ! répéta la femme étonnée. Et vous m'offrez de l'argent pour que je vous réponde?

— Je m'explique mal. Je prends un grand intérêt à tout ce qui concerne la baronne Mathilde et son frère Geoffroy, car c'est bien ainsi que se nomment vos hôtes de ce matin? »

Guicharde accentua ces derniers mots, et l'aubergiste leva vers elle un regard surpris.

« Vous voyez que je suis au courant de leur voyage ; je dois les rejoindre bientôt. S'il est parvenu à vos oreilles quelques lambeaux de leur conversation, parlez librement, indiquez-moi la direction qu'ils ont prise, et cet or est à vous. »

Guicharde aligna sur un coin de la table rustique cinq pièces d'or que la femme contemplait avec convoitise. Deux hommes entraient dans la cuisine à ce moment-là ; d'un geste rapide, la femme ramassa les pièces d'or et dit à Guicharde :

« Venez, je vais vous dire tout ce que je sais. »

VI

AU BOURG DE RAVENAC

« Pensez-vous, chevalier, que nous puissions atteindre aujourd'hui le bourg de Ravenac? »

Le chevalier Renaud, que Mathilde interpellait ainsi, s'inclina respectueusement sur sa selle et, faisant faire volte-face à sa monture, il se plaça à gauche de la jeune fille.

« Il nous est impossible d'y arriver ce soir. Voyez, noble damoiselle, nos chevaux n'avancent plus que péniblement; ils ont fourni une trop longue étape, et nous avons usé toute leur force de résistance afin de nous mettre hors d'atteinte de nos ennemis; mais nous ne pouvons leur demander un plus grand effort. »

Comme pour donner raison à Renaud, le cheval qui portait Mathilde fit un faux pas, reprit péniblement son aplomb et continua sa route en boitant.

« Quel malheur! s'écria impétueusement Geoffroy, que nous ne puissions, dès aujourd'hui, nous mettre sous la protection du seigneur de Ravenac, l'ami de Bertrand de Born!

— Et celui de notre père bien-aimé! ajouta Mathilde. Je suis sûre de son dévouement; il prendra notre cause en mains, et si nous pouvons atteindre sa demeure avant d'être rejoints par Guicharde, nous sommes sauvés!...

— Vous le serez quand même, noble damoiselle, reprit messire Renaud; avant de vous laisser aux mains de votre implacable ennemie, je verserai jusqu'à la dernière goutte de mon sang, et tous mes hommes en feront autant! J'étais, moi aussi, le fidèle ami du baron de Gimel; votre père m'honorait de son estime. C'est même pour cette raison que le Révérend Prieur d'Obazine m'a confié la direction de la troupe envoyée à votre recherche. Comptez donc sur moi pour vous défendre!

— Votre vaillance sera mise à l'épreuve avant peu, dit Papiole. Si mes yeux ne me trompent pas, voici la troupe de Guicharde à mi-côte de la colline; elle marche dans notre direction. »

Tous s'arrêtèrent. Les yeux ardemment fixés sur le point que Papiole leur indiquait, ils aperçurent les hommes d'armes dont les cuirasses miroitaient au soleil. Du sommet de la colline, la troupe de Guicharde avait vu dans la plaine l'escorte de Mathilde et, d'un élan spontané, tous les cavaliers avaient lancé leurs chevaux au galop.

Que faire?... Que devenir?... Lutter de vitesse était impossible : les chevaux étaient fourbus.

« Nous livrerons bataille, s'écria Renaud, et nous mourrons pour vous! A moi, mes hommes!... Préparons-nous au combat! »

En un instant, tous les hommes entourèrent Geoffroy et les jeunes filles, formant un rempart autour d'eux; tous étaient disposés à vendre chèrement leur vie.

Mais Jehan le bûcheron, réfractaire à l'enthousiasme guerrier, ne s'accommodait point de cette décision. Tout en aiguisant sa hache, il réfléchissait. Dans son raisonnement de paysan limousin, habitué à tourner les difficultés quand il ne peut les vaincre, il se disait que mieux valait échapper aux ennemis que les provoquer dans un combat dont l'issue pouvait être fatale. Absorbé dans ses réflexions, il regardait vaguement devant lui, quand, tout à coup, il vit, traversant une jachère, un attelage de vaches traînant une charrette chargée de genêts secs. Ce lui fut une inspiration. S'approchant de Renaud :

« Messire, lui dit-il, j'ai trouvé un moyen de nous sauver tous. La noble damoiselle, son frère et ses compagnes vont monter sur cette charrette que vous voyez là-bas, et se cacher sous les grands genêts. Je marcherai à leur côté avec le paysan, et vous tous chevauchez tranquillement comme envoyés de l'évêque d'Aubusson dont nous traversons les terres.

— Bravo, mon gars ! » s'écria Renaud frappé de l'ingéniosité du paysan.

Immédiatement, les rangs pressés s'élargirent. Mathilde, Geoffroy, Papiole et Thibour descendirent de cheval et se dirigèrent vers le paysan conduisant la charrette.

Jehan lui expliqua en deux mots ce qu'il attendait de lui, et, la promesse d'une généreuse récompense aidant, l'homme accepta la proposition. Il plaça son aiguillon

6 — Papiole.

devant ses vaches, un bout à terre, l'autre reposant sur le joug et, sûr de l'immobilité des bonnes bêtes, il enleva une vingtaine de fagots.

Les jeunes filles et Geoffroy se placèrent dans la charrette, où leur présence fut habilement dissimulée sous les genêts. L'équipage rustique reprit sa marche lente, le paysan en avant, Jehan suivant la charrette, l'air insouciant.

Pendant ce temps, deux hommes de la troupe avaient attaché, dans une oseraie voisine, les chevaux qui restaient libres afin de les soustraire aux regards de l'ennemi.

Ces manœuvres avaient-elles été aperçues par les poursuivants? Là restait le point inquiétant. On ne voyait plus, il est vrai, la troupe de Guicharde qui traversait une châtaigneraie en pente douce sur le vallon; mais la distance qui les séparait était-elle suffisante pour que les mouvements de dislocation de la petite troupe n'eussent pas été remarqués? Dans ce doute les hommes ne devaient pas perdre de vue la charrette, mais se tenir prêts à accourir pour défendre les fugitifs, si le stratagème était découvert. Ils mirent donc leurs chevaux au pas et firent passer la charrette devant eux.

Ils entendirent bientôt les chevaux courant à bride abattue. En quelques minutes, la troupe de Guicharde, plus nombreuse que la leur, les entoura. Thiébaud s'avança vers messire Renaud, qu'il reconnut à la fierté de son maintien plus qu'à son heaume de chevalier comme étant le chef de la troupe. D'un regard circulaire, il inspecta ce groupe d'hommes bien armés, et parut surpris de ne point voir au milieu d'eux les fugitifs.

Il retint sur ses lèvres la sommation hautaine qu'il allait faire à Renaud, pour lui demander d'un ton calme :

« Ne seriez-vous pas, messire, un des guerriers envoyés par nos fiers seigneurs de Périgord et de Limousin pour battre Richard l'Anglais?

— Et vous-même, reprit Renaud avec hauteur, qui êtes-vous?

— L'envoyé de Bertrand de Born, mon seigneur. Nous avons l'ordre de rejoindre une troupe chargée de protéger les orphelins du baron de Gimel. N'avez-vous pas aussi cette mission?

— Par mon droit! je crois que ce vulgaire jongleur se permet de me questionner! Ton langage n'est pas en accord avec ton métier... Passe ton chemin sans plus rien dire, ou tu auras affaire à mon épée. »

Instinctivement, Thiébaud recula; mais Guicharde, les lèvres serrées, le regard aigu, fit avancer sa monture, et se plaçant en face de Renaud :

« Une femme de qualité vous trouvera plus courtois, seigneur chevalier, » dit-elle.

Renaud s'inclina sans répondre.

Guicharde se fit insinuante :

« Voudriez-vous me dire d'où vous venez et où vous allez? demanda-t-elle.

— Chargé par mon suzerain d'une mission secrète, je ne puis vous répondre, noble dame.

— Ah!... vraiment!... Il m'est pourtant facile de vous

forcer à parler. Mes hommes, plus nombreux et mieux armés que les vôtres, auront vite raison de votre résistance.

— C'est une provocation?... un défi?... s'écria Renaud vivement. J'accepte. A moi, mes hommes! »

Avant que Guicharde eût pu reprendre la parole, les deux troupes s'étaient brusquement séparées et se rangeaient pour le combat. Mais un loustic de la troupe de Renaud, sûr de l'effet qu'il allait produire, s'écria :

« Mourons pour notre seigneur et maître, l'évêque d'Aubusson! »

A ce nom, Guicharde tressaillit. Si vraiment c'étaient les soldats de l'évêque d'Aubusson, quel avantage aurait-elle à faire tuer ses hommes? Elle s'avança dans l'espace laissé libre entre les deux troupes; et s'adressant à Renaud :

« Noble chevalier, un instant de vivacité ne doit pas exposer à la mort des hommes aussi courageux que vous tous. Abaissez vos armes, dit-elle à ses soldats, nous ne devons lutter que contre l'ennemi. »

Se tournant de nouveau vers Renaud :

« Je n'insiste point pour savoir où vous allez, dit-elle, mais je vous prie de répondre à cette question : n'avez-vous point dépassé en chemin une jeune femme noble et un enfant escortés par des hommes d'armes?

— Non, répondit Renaud, nous n'avons fait aucune rencontre. Peut-être la troupe dont vous parlez est-elle en avant? »

Guicharde réfléchit, et s'adressant à Thiébaud :

« Ces paysans conduisant ces vaches nous renseigne-
ront peut-être ; ils ont pu être dépassés par les gens que
nous cherchons. Questionnons-les. »

Jehan, qui ne perdait rien de ce qui se passait derrière
lui, avait prévu le cas où le conducteur de la charrette
serait interrogé à son tour. Il lui avait donc conseillé,
pour éviter des réponses compromettantes, de simuler le
mutisme et la surdité.

A la première question de Thiébaud, le paysan montra
d'un geste sa bouche et son oreille, et Jehan s'avança
aussitôt.

Ce fut à lui que Thiébaud répéta sa question :

« N'as-tu pas vu sur cette route une noble dame et son
escorte?...

— J'ai aperçu ce matin, à l'aube du jour, comme nous
chargions notre charrette, des hommes d'armes qui étaient
loin de nous, et je ne sais s'il y avait une noble dame au
milieu d'eux.

— Dans quelle direction allaient-ils?

— Tout droit devant eux quand je les ai vus; mais je
ne me suis point inquiété de savoir si, au tournant du
chemin, ils ont pris la direction du Périgord ou celle du
Limousin; ça n'était pas mon affaire. »

Thiébaud et Guicharde se consultèrent.

« Quel est le bourg le plus rapproché d'ici? demanda
Guicharde.

— C'est le bourg du Puy-Redon, » répondit Jehan sans
hésiter.

Il sourit involontairement sous sa fine moustache, car

le Puy-Redon n'était qu'un amas de roches, tout près de sa chaumine.

« A quelle distance?

— A plusieurs heures de marche.

— De quel côté?

— A droite au premier tournant du chemin. »

Pendant ce colloque, les chevaux de la petite troupe entouraient la charrette; affamés par un long jeûne et la course du matin, ils cherchaient dans les fagots de genêts les brindilles encore vertes. Parfois, d'un mouvement brusque, ils arrachaient des branches entières qu'ils laissaient retomber à leurs pieds pour recommencer leurs recherches. Geoffroy et ses compagnes, mal à l'aise dans leurs cachettes, suivaient, anxieux, la conversation que Jehan soutenait avec habileté; leur angoisse devint extrême quand un des fagots qui dissimulaient la robe rouge de Papiole fut arraché par un des chevaux. Ils allaient être découverts; mais Jehan, conscient du danger, écarta d'un geste le cheval, et, sans hâte, naturellement, ramassa le fagot et le replaça.

Il fit signe au paysan de remettre ses vaches en marche, et lui-même, poussant la charrette pour faciliter le départ, mit fin au dangereux colloque.

Guicharde ordonna à ses gens de continuer leur route en avant, et bientôt ils disparurent à l'extrémité de la plaine.

La charrette poursuivit son chemin, se laissant distancer par Renaud qui, craignant une ruse et un retour de leurs ennemis, ne voulait pas être surpris escortant le rustique véhicule.

Il avait été convenu que les jeunes filles et Geoffroy resteraient chez le paysan sous la garde de Jehan, jusqu'à ce que Renaud vînt lui-même les y prendre. Il était urgent de se renseigner sur la direction prise par Guicharde pour éviter une nouvelle rencontre.

. . . .

Le lendemain de ce jour si fécond en événements, Geoffroy, Mathilde et ses compagnes furent réveillés de leur tranquille sommeil par des pas de chevaux et des voix d'hommes. Ils reconnurent celle du chevalier Renaud, et s'empressèrent d'aller vers lui.

Une longue nuit passée sur la paille fraîche, dans la grange du paysan, seul abri qu'il eût à leur offrir, avait suffi pour redonner à leurs membres lassés toute leur souplesse.

Leur foi en la Providence, qui veillait si manifestement sur eux, rendait à leur esprit le calme et l'espérance.

Après un repas composé de châtaignes blanchies et de lait, ils prirent congé du paysan qu'ils laissèrent satisfait de la libéralité de ses hôtes. Hommes et bêtes, frais et dispos, se remirent en marche; ils franchirent en quelques heures la distance qui les séparait de Ravenac.

Ils atteignirent enfin le vieux bourg fièrement assis sur un rocher dominant la plaine. Un sentier raide et rocailleux conduisait jusqu'au pied des remparts. Le pont-levis s'abaissa à leur appel, et ils pénétrèrent dans la cour du château, où de vieux serviteurs s'empressèrent autour d'eux.

Le chevalier Renaud déclina ses titres et ceux des fugitifs. On l'introduisit avec ses protégés dans la salle d'honneur, où le vieux seigneur de Ravenac, aveugle et affaibli par les ans, leur fit un accueil cordial. Il s'émut vivement au récit de Mathilde, applaudit à l'ardeur juvénile de Geoffroy, et demanda qu'on lui amenât Papiole et Thibour, et Jehan le bûcheron.

Heureux de pouvoir être utile aux enfants de son ancien compagnon d'armes, le baron de Gimel, il voulut que tout le château fût en liesse en l'honneur de ses hôtes, qu'il désirait garder plusieurs jours. Mathilde accepta pour elle et pour sa suite l'hospitalité qui lui était si largement offerte ; un repos leur était bien nécessaire après les fatigues des jours précédents.

Le vieux seigneur de Ravenac, veuf depuis de longues années, vivait seul dans son château, depuis que son fils unique guerroyait contre l'Anglais. Point de châtelaine pour égayer de sa grâce souriante le vieux manoir, point de voix douce pour charmer les longues heures du vieillard aveugle.

Le jeune comte de Ravenac ne s'était point encore choisi d'épouse, mais le vieux seigneur espérait qu'avant peu on pourrait célébrer les noces de son fils. Il désirait voir grandir autour de lui des petits-enfants, rejetons de sa race.

Mathilde écoutait respectueusement le vieillard qui, à son tour, prenait un vif plaisir à la conversation de la jeune fille. Le comte s'excusait sans cesse de ne pouvoir lui procurer les honneurs et les réjouissances qu'il eût souhaité lui offrir.

Pages et valets étaient à la disposition de Geoffroy; le jeu de paume, les luttes, le tir à l'arc remplissaient ses journées sans jamais le lasser. Thibour et Papiole admiraient les ouvrages des anciennes châtelaines : merveilleuses tapisseries, broderies délicates que la femme de charge montrait avec orgueil.

Le vieux seigneur leur fit un accueil cordial.

Un soir, pendant le repas auquel prenaient part, avec Mathilde et Geoffroy, le chevalier Renaud, Papiole et Thibour, un page vint annoncer au comte qu'un ménestrel demandait l'hospitalité. Il était seul, sans jongleur, n'avait point de viole, mais la joyeuse chanson qu'il avait fait entendre assurait qu'il serait un gai compagnon. Le comte, ravi d'offrir une distraction à ses hôtes, ordonna qu'on eût soin du ménestrel.

« Qu'on lui serve un repas abondant et du bon vin de

nos coteaux, afin que sa langue soit vive et gaie, dit-il.
Préviens-le que nous avons ici la fleur de la noblesse
limousine, et qu'il faut que ses chants soient dignes de
cette noble dame. »

Le page se retira et les convives continuèrent leur repas,
jouissant par avance du plaisir, si appréciable à cette
époque, d'ouïr de gaies chansons et d'apprendre les nouvelles récentes.

Tout à coup le chevalier Renaud, qui tordait nerveusement sa moustache, prit la parole.

« Un soupçon traverse mon esprit, dit-il. Ce ménestrel,
auquel vous offrez le gîte et la table, ne serait-ce pas Thiébaud?... Thiébaud, l'âme damnée de Richard, le compagnon de Guicharde? Viendrait-il ici pour nous espionner?...

— Si cela était, répondit le comte d'une voix de tonnerre, il ne sortirait point de mon château! Les oubliettes
de Ravenac n'ont jamais rendu leurs visiteurs. Allez aux
informations, chevalier Renaud, et venez nous renseigner
sans délai pour que cet indigne troubadour, si c'est lui,
soit mis dans l'impossibilité de vous nuire. »

Le chevalier Renaud revint quelques instants après,
complètement rassuré. Il avait aperçu le ménestrel qui ne
ressemblait en rien à ce Thiébaud rencontré sur la grand'-
route en compagnie de Guicharde. Thiébaud avait les
cheveux et les moustaches d'un blond ardent, le parler
haut; celui-ci avait une chevelure et une moustache aussi
noires que l'aile du corbeau, et sa voix chantante, un peu
traînante, indiquait une origine méridionale, un Aqui-
tain, sans doute.

Geoffroy trépignait d'impatience joyeuse, et les jeunes filles, rassurées, se livraient tout entières à la joie. Obéissant à un instinct de coquetterie féminine, elles se retirèrent dans leur appartement pour lisser soigneusement leur chevelure, se parer d'un bouquet d'œillets sauvages cueillis sur les remparts.

A l'heure indiquée, elles faisaient leur entrée dans la grande salle d'honneur tendue de tapisseries, ornée de beaux lustres dans lesquels brûlaient des chandelles.

Le vieux comte de Ravenac, assis sur son fauteuil sculpté, fit placer Mathilde à sa droite sur un siège semblable au sien, tandis que Geoffroy prenait la gauche du vieillard. Venaient ensuite le chevalier Renaud, les jeunes pages, tandis que Papiole et Thibour se tenait près de leur amie; plus loin, les hommes d'armes, joyeux de ce passe-temps.

Le ménestrel entra. Il inclina gracieusement sa haute taille devant Mathilde et le seigneur du lieu; en se redressant, il fit miroiter le satin vert de sa tunique et briller les émeraudes de sa ceinture. Son regard ardent allait de Mathilde à Thibour, de Thibour à Papiole qui, toutes trois, l'examinaient curieusement. Thibour, surtout, l'observait avec attention.

« Chante-nous, ménestrel, ta plus douce chanson, dit le comte. Que ton premier hommage s'adresse à la noble Mathilde de Cimel. »

D'une voix mélodieuse, un peu lente, le ménestrel entonna sa chanson. Il traînait légèrement sur les finales, et sa prononciation le faisait aisément reconnaître pour

un fils du Midi, ainsi que l'avait remarqué le chevalier.
Des applaudissements sonores retentirent sous le plafond
à poutrelles de la vaste salle, et, dès qu'ils eurent cessé,
le chanteur lança à pleine voix l'un des fameux sirventes
de Bertrand de Born : l'appel à la guerre contre l'Anglais.
Interrompu un instant par les bravos frénétiques des
pages, il reprit avec une ardeur nouvelle la seconde
strophe de son chant.

Mais il ne l'avait pas terminée, que Thibour, l'œil en
feu, s'avançait vers lui, menaçante :

« Thiébaud le traître! Thiébaud le vendu!... Je le
reconnais!

— Thiébaud! s'écriait Papiole. Est-ce possible? »

En un instant, il fut entouré par les hommes. Le chevalier Renaud s'était avancé vers le chanteur qu'il dévisa-
geait sans le reconnaître.

« Il a teint sa chevelure. Il a déguisé sa voix pour nous
espionner! s'écria Thibour; mais je l'ai reconnu à son
regard cruel et fourbe, à son maintien, à sa façon d'être,
en un mot, je l'ai reconnu. C'est Thiébaud, je vous le
jure, c'est Thiébaud!

— Cette fille est folle! Je ne suis point Thiébaud,
s'écria le ménestrel... Laissez-moi. »

Il essayait en vain de se dégager.

« Emmenez-le, ordonna le comte, lavez sa chevelure
afin que nous voyions si elle est teinte! »

Le chanteur fut entraîné hors de la salle où il fut
ramené l'instant d'après, sa chevelure et sa moustache
encore humides, mais ayant repris leur teinte rousse.

« C'est lui ! c'est lui ! s'écrièrent en même temps les jeunes filles.

— Je le reconnais, affirma Renaud. C'est bien l'homme qui m'a parlé sur la route et qui se disait envoyé par Bertrand de Born au secours des orphelins de Gimel.

— Il en a menti ! s'écria Geoffroy.

— Traître ! menteur ! dit le comte. Pourquoi te déguiser, sinon pour nous tromper et trahir mes hôtes ? Je vais te mettre hors d'état de leur nuire jamais. Gardes ! prenez cet homme, liez-lui bras et jambes, et jetez-le dans la grande oubliette qui sera son tombeau !

— Seigneur ! seigneur ! je vous en prie, dit Mathilde, pendant que sa main pressait le bras du vieillard, ne l'envoyez pas à la mort, faites-lui grâce !

— Que je laisse impunie une félonie semblable à la sienne ? Jamais !

— Je vous en supplie, ne le faites pas mourir ! Il ne nous trahira plus désormais. Il deviendra notre allié, si nous sommes généreux et bons envers lui.

— Jamais ! jamais ! protesta Thiébaud.

— Meurs donc ! prononça le comte d'une voix forte. Gardes, emmenez... »

Il ne put continuer. Mathilde s'était précipitée aux genoux du vieillard, ses larmes coulaient sur les mains tremblantes de l'aveugle.

« Je vous en supplie, ne le faites pas mourir ! Je ne veux pas qu'un être humain périsse à cause de nous. Je vous en supplie, seigneur, si vous avez un peu d'amitié pour moi, faites-lui grâce. Faites-lui grâce !

— Il vous trahira encore, il vous trahira toujours! affirma Thibour. Il a l'âme trop lâche pour reconnaître votre générosité. »

Thiébaud jeta un regard acéré sur Thibour, tandis que ses lèvres s'amincissaient dans un mauvais sourire.

« Comte, pardonnez, faites grâce pour moi, pour moi! » répétait Mathilde.

Elle jeta vers Renaud un regard qui réclamait son aide. Le chevalier comprit.

« Seigneur comte, dit-il, réalisez le désir de la noble Mathilde en faisant grâce de la vie à ce traître; retenez-le simplement jusqu'au jour où Mathilde et Geoffroy seront hors de danger, sous la garde de Bertrand de Born.

— Que ta volonté soit faite, enfant, dit le vieillard en posant sa main sur la tête de la jeune fille toujours agenouillée devant lui. Que Dieu récompense ta bonté! »

Il ajouta d'une voix émue :

« Heureux celui qui te choisira pour garder son foyer. Gardes, reprit-il d'une voix plus forte, saisissez-vous de cet homme, enfermez-lo dans la prison, et veillez à ce qu'il ait un lit et une nourriture suffisante; que deux d'entre vous gardent à tour de rôle le prisonnier. »

Thiébaud fut emmené. Le comte et ses jeunes hôtes se séparèrent quelques instants après pour demander au sommeil l'apaisement et le calm. Mais le chevalier Renaud ne put fermer l'œil. Responsable des orphelins, il avait hâte de les remettre au plus tôt sous la garde immédiate du prieur d'Obazine et de l'abbesse de Coi-

roux. L'espionnage de Thiébaud avait éveillé sa méfiance.
Guicharde et sa troupe étaient sûrement dans le voisinage, attendant les indications du ménestrel parti en
éclaireur. Dans cette conjoncture, comment devait-il
agir?...

Il passa sa nuit à réfléchir, sans arrêter définitivement
son plan de conduite. Nerveux et inquiet, il se leva plus
tôt que de coutume, et sa surprise fut grande, en ouvrant
la porte de sa chambre, d'apercevoir dans le couloir
Papiole, dont la pâleur accusait l'insomnie.

« Déjà levée, vaillante Papiole! s'exclama-t-il.

— Oui, messire chevalier, et sans grand mérite d'être
matinale. Je n'ai pu me reposer; l'inquiétude m'a gagnée
en nous voyant ainsi espionnés par l'émissaire de Guicharde, et j'étais impatiente de savoir ce que vous pen-
siez faire.

— Ce que je pense faire? répéta Renaud. Comme toi,
je suis inquiet. Devons-nous partir sans retard? Qu'en
penses-tu, Papiole? Un bon avis, tout aussi bien que la
vérité, peut sortir de la bouche d'une enfant telle que
toi. Dis-moi simplement ta pensée.

— Chevalier, répondit Papiole, partons sans retard,
sans perdre une journée, sans perdre une heure. Guicharde ne se remettra pas à notre poursuite avant que
Thiébaud l'ait informée de notre départ. Il est prisonnier, bien gardé, par tous!

— C'est aussi mon avis. Éveille les amis, préparez-
vous au départ. Je vais prévenir nos hommes, et nous
prendrons congé de notre hôte généreux. »

La petite troupe venait de quitter le château hospitalier. Le comte de Ravenac, debout à la fenêtre de sa
chambre, le visage tourné vers la plaine d'où montait le
bruit des chevaux, envoyait un dernier adieu à Mathilde.
Ses yeux se remplirent de larmes, tandis qu'il murmurait :

« Seigneur, faites que cette jeune fille devienne un jour
la joie de mon vieux castel ! Qu'elle soit l'épouse de mon
fils et la consolation de ma vieillesse ! »

Une plainte, suivant le bruit d'une chute, interrompit
sa douce rêverie; mais le vieillard aveugle ne put savoir
d'où provenait ce gémissement. Il ne vit pas Thiébaud se
redresser au pied des remparts qu'il venait de franchir,
et souple, léger, malgré ses meurtrissures, s'enfuir à
toute vitesse après avoir observé dans quelle direction
chevauchaient les fugitifs.

VII

A BRIDE ABATTUE

Comment Thiébaud s'était-il évadé?

Une circonstance fortuite, saisie rapidement grâce à la subtilité de son esprit, avait favorisé son évasion. Le chanteur venait d'être conduit dans sa prison, et l'un des gardes s'était éloigné pour aller remplir d'eau le broc du prisonnier, laissant son camarade seul avec le ménestrel. Celui-ci profita de son tête à tête avec cet unique gardien pour lui offrir le contenu de son escarcelle et lui promettre une récompense en échange de sa liberté.

« Vous m'offrez votre argent, je l'accepte. Quant à vous rendre votre liberté, c'est autre chose; je me trouve fort bien au service du seigneur de Ravenac et ne veux point courir le risque de perdre la vie. »

Ce disant, il s'empara violemment de la sacoche avant que Thiébaud se fût douté de son intention, et il s'apprêtait à la faire disparaître, quand son compagnon, arrivant, s'écria :

« Part à deux!... »

7 — Papilln.

En même temps, il se ruait sur lui, le renversait et cherchait à lui ravir sa proie.

Thiébaud vit le salut dans cette courte lutte de ses deux gardiens. La porte était entr'ouverte, il se glissa furtivement hors du cachot, suivit un long couloir, grimpa sur une échelle qui servait d'escalier pour atteindre l'étage supérieur du donjon, et la retira après lui.

Il entendit quelques instants après ses deux gardiens qui le cherchaient avant d'annoncer son évasion. Thiébaud, blotti sous des débris de planches, attendit les premières lueurs de l'aube pour s'orienter.

Il arriva sans être vu jusqu'aux remparts, d'où il parvint à s'échapper au moment où la troupe de Mathilde s'acheminait dans la plaine.

Thiébaud venait de faire ce récit à Guicharde, qu'il avait rejointe dans une ferme isolée, non loin de Ravenac. La noble dame félicita son messager; puis, l'œil en feu, le geste impatient, elle ordonna à ses gens de se préparer à partir.

. . . .

La troupe de Mathilde, après une demi-journée de marche, venait d'atteindre une prairie où des herbes plus hautes et du cresson aux feuilles larges indiquaient le voisinage d'une source. Descendre de cheval pour se désaltérer à la source même et remplir les outres fut une joie pour les fugitifs.

Les chevaux, laissés libres, marchaient le cou tendu, les naseaux fumants; ils savouraient l'herbe tendre. Ce répit fut de courte durée.

« Les voilà!... Les voilà!... Ce sont eux! c'est Guicharde! » criait Papiole affolée.

Ses compagnons, surpris, se retournèrent et virent, à
une courte distance, un groupe de cavaliers se dirigeant
sur eux.

Saisir les chevaux, remonter en selle et fuir à toute
bride fut l'affaire d'un instant.

Tous avaient l'intuition que le moindre retard leur
serait fatal. Les chevaux furent lancés à toute vitesse,
mais la distance qui les séparait de la troupe ennemie
diminuait sensiblement. Que faire?

« En avant!... Toujours plus vite!... commandait
Renaud. Restons groupés... Voici la rivière, et sur l'autre
rive un versant boisé dans lequel nous pourrons dépis-
ter l'ennemi. Il s'agit de franchir la rivière avant qu'ils
nous aient atteints. »

Le bruit de la troupe de Guicharde devenait plus dis-
tinct.

« Plus vite!... Plus vite!... »

Et les montures, affolées, brûlaient le sol.

« Y a-t-il un pont, ou traverserons-nous à gué? »
demanda Mathilde.

Le chevalier se dressa sur ses étriers.

« Il y a un pont, si mes yeux ne me trompent pas, un
pont de bois étroit.

— Les voici!... Les voici!... Ils vont nous atteindre!
cria un homme de l'arrière-garde.

— Courage! mes enfants, dit Renaud. Ayez de la prudence. Modérez vos chevaux pour passer sur le pont. »

La recommandation était nécessaire. Le pont, vermoulu et tremblant, menaçait de s'effondrer. Les fugitifs étaient pris entre deux dangers : être atteints par leurs ennemis, ou engloutis dans les eaux bouillonnantes de la rivière torrentueuse.

Les jeunes filles, comme les hommes, firent preuve de sang-froid et, malgré l'impatience qu'ils éprouvaient de s'enfuir, tous traversèrent le pont lentement l'un après l'autre.

Arrivés sur l'autre côté du ruisseau, les chevaux, qu'on eût dit conscients du danger, repartaient d'eux-mêmes à toute vitesse.

Seul, Jehan le bûcheron s'arrêta, le pont franchi; il descendit de cheval et tourna ses regards vers l'ennemi à peine à trois cents mètres de lui. Un sourire éclaira son visage; il saisit sa hache, et, à coups redoublés, frappa les deux grosses poutres qui soutenaient le tablier du pont.

Aurait-il le temps de réaliser son dessein?

La troupe de Guicharde s'avançait à toute allure. Jehan redoubla ses efforts.

La sueur perlait à son front et les mouvements de la hache étaient rapides comme l'éclair.

Ils arrivaient... Ils étaient là !... Un cavalier s'engageait déjà sur le pont. Le bûcheron donna un dernier coup, un craquement sinistre se fit entendre. L'homme n'eut que le temps de rejeter son cheval en arrière, le pont s'effondrait.

Jehan regarda, triomphant, ses ennemis atterrés; il

replaça sa hache dans sa ceinture, essuya d'un revers de main son front ruisselant de sueur, remonta à cheval et piqua des deux pour rejoindre ses amis qui, inquiets de son sort, ralentissaient leur marche.

Leur joie fut grande, en apprenant qu'ils échappaient ainsi au danger imminent qui les menaçait. Jehan fut entouré, remercié, félicité.

À coups redoublés il frappa les deux grosses poutres.

« Nadale sera fière de vous! » lui dit Papiole en souriant.

Jehan ne répondit pas, mais le regard qu'il jeta sur sa petite amie exprimait la joie que cette assurance lui donnait.

Ils repartirent, joyeux. Les chevaux, essoufflés, furent mis au pas. Ils atteignaient le faîte du versant boisé sur lequel ils s'étaient engagés quand, dominant la vallée, ils aperçurent au-dessous d'eux une troupe nombreuse

de cavaliers. Les armures et les casques brillaient au
soleil, les chevaux étaient bardés de fer comme pour un
combat.

Le chevalier Renaud put bientôt les voir assez distinc-
tement pour s'écrier, joyeux :

« Ravenac et de Born !... Je reconnais leurs couleurs. »

Quand il les vit à portée de sa voix, il se haussa sur ses
étriers et cria de toutes ses forces :

« Gimel et Obazine !

— Ravenac et de Born !... Amis !... » lui fut-il répondu.

Quelques minutes après, les troupes se rencontraient.

Le jeune comte de Ravenac inclinait courtoisement son
épée devant Mathilde et mettait pied à terre.

« Noble damoiselle, dit-il, le seigneur d'Hautefort,
Bertrand de Born, m'a fait l'insigne honneur de remettre
votre défense en mes mains. J'en suis fier et heureux ! »
ajouta-t-il en levant son clair regard sur le fin visage de
Mathilde.

. . . .

Le soir de ce même jour, les fugitifs arrivèrent à Coiroux. La Révérende Mère, dont le visage émacié révélait
l'inquiétude des jours précédents, les accueillit avec un
maternel sourire. Elle pressa longuement Mathilde dans
ses bras, posa sa main blanche sur le front rayonnant de
Geoffroy.

« Que Dieu soit béni, dit-elle, de vous avoir ramenés
parmi nous ! »

S'adressant à Papiole et à Thibour :

« Et vous, chères enfants, par lesquelles cette déli-

vrance a été accomplie, soyez remerciées ainsi que votre
ami Jehan le bûcheron. Que Dieu récompense votre
dévouement et vous donne à tous des jours heureux! »

. . . .

L'aube de ces jours heureux se leva bientôt.

Dans la magnifique chapelle des moines d'Obazine,
Raoul de Ravenac et Mathilde de Gimel reçurent la béné-
diction nuptiale des mains du Révérend Père prieur.

Bertrand de Born ne pouvait confier à plus noble cœur
la garde des orphelins. Geoffroy trouvait un vaillant
défenseur en celui qui devenait son frère.

Le désir du vieux comte aveugle et celui de son fils se
réalisaient dans cette journée de bonheur.

Le jeune seigneur de Ravenac et Mathilde ne furent
pas seuls heureux. Jehan le bûcheron, généreusement
doté, épousa Nadalette.

Thibour régénéra son âme au contact des douces
recluses de Coiroux, et Papiole resta l'amie fidèle de
Mathilde de Gimel, comtesse de Ravenac.

FIN DE PAPIOLE, LA FILLE DU JONGLEUR

ÉCHEC AU ROI

I

L'ARRIVÉE DU ROI

C'était le 23 juillet 1463. Le roi de France, Louis, onzième du nom, venant des Pyrénées, était attendu dans sa bonne ville de Brive-la-Gaillarde. La cité limousine était charmante dans son nid de verdure, sous le beau soleil qui faisait étinceler les lances et miroiter les cuirasses des hommes d'armes. Par la porte de Corrèze et par la porte du Midi s'engouffraient, comme un torrent, des troupes fraîchement équipées; à leur tête chevauchaient les fiers seigneurs des environs, hautains et superbes sous leurs armures damasquinées. Une rumeur joyeuse montait des rues étroites et se mêlait au cliquetis des armes; mais l'animation inusitée qui régnait dans les quartiers de la ville semblait encore plus grande près de la demeure du consul Jean Raynal, où devait avoir lieu le festin royal.

Gilberte et Jeanne, les deux filles du consul, viennent de s'assurer que les derniers préparatifs pour la réception du roi sont terminés, et, satisfaites, elles regagnent leur appartement.

Gilberte, l'aînée, n'a que seize ans, bien qu'elle paraisse en avoir vingt, dans sa longue robe de laine blanche à corselet de velours rutis. Ses grands yeux bruns, sa bouche sérieuse lui donnent un air de douce gravité qu'accentuent ses bandeaux de cheveux blonds; un chaperon rehaussé de perles, de même teinte que son corselet, complète sa toilette, somptueuse comme celle d'une jeune femme. C'est que Gilberte ne se considère plus comme une toute jeune fille. Depuis trois ans, elle dirige la maison du consul; elle s'efforce de remplacer, auprès de sa sœur la mère absente, auprès de son père la confidente discrète que la mort a ravie à leur affection.

Aussi quelle douceur dans sa voix, quand elle attire vers elle sa petite sœur, rieuse enfant de huit ans!

« Viens vite, petite Jeanne, viens vite te parer de tes plus beaux atours. Il faut que tu sois belle, aujourd'hui.

— Oh! oui, il faut que je sois belle, puisque je dois être présentée au roi. »

Et, tout en revêtant sa robe, la petite fille continue.

« Dis-moi, grande sœur, comment c'est-il un roi?... Est-ce beau comme un grand seigneur?

— Le roi est plus qu'un grand seigneur, sœurette. Il n'y a qu'un roi de France, et tous les ducs, comtes et barons lui doivent obéissance.

— Il est donc plus puissant que le vicomte Agne de Turenne?

— Sûrement.

— Porte-t-il, comme lui, une cuirasse brillante? ou un beau pourpoint de satin comme celui de Jean de Pompadour?

— Je ne sais. Le roi Louis XI est, dit-on, l'ennemi du faste. Il est simple dans sa mise.

— Que vient faire le roi à Brive?

— Simplement se reposer dans notre ville, qui se trouve sur son passage. Le roi arrive des Pyrénées; il a traversé la Guyenne, le Quercy et s'est arrêté à Rocamadour pour faire ses dévotions à la très haute et très puissante dame Marie. C'est notre père, Jean Raynal, qui, en qualité de consul, a l'insigne honneur de recevoir le roi dans son logis.

— Comme c'est amusant de recevoir le roi! Depuis deux jours, la cour est remplie d'hommes d'armes qui parlent haut et font du bruit en marchant sur les dalles. Dans les écuries, les chevaux piaffent, hennissent; la cuisine est pleine de fournisseurs qui apportent des victuailles de toutes sortes et des fruits qui doivent être exquis. Dis, grande sœur, il y aura bien quelques fruits pour moi?

— Petite gourmande!... Je crois qu'on frappe? »

Elle tend l'oreille.

« Qui vient donc, à cette heure? C'est peut-être Micheline.

— Oui, c'est moi, Micheline Polverel, répondit une voix joyeuse. Je viens avec ma protégée Guillaumette. »

Les deux visiteuses s'avancèrent. Toutes deux étaient de même taille, avaient le même âge : quatorze ans. L'une, ainsi que l'indiquait son riche costume, appartenait à la classe bourgeoise; sa compagne était une fille du peuple.

« Oh! que tu es belle! que tu es jolie! dit la petite Jeanne à Micheline qui l'embrassa. Que ton chaperon de velours va bien sur tes cheveux blonds!...

— Fi donc! la vaniteuse! répliqua Micheline avec enjouement. L'habit importe peu, pourvu que l'on soit sage et que l'on ait le cœur content. Regarde si Guillaumette n'est pas aussi fraîche et aussi gentille, sous sa simple coiffe blanche, que nous sous nos élégants chaperons! »

Guillaumette était charmante, en effet. Tout riait dans son frais minois, les lèvres rouges, les yeux vifs et gais, ainsi que les fossettes de ses joues. Quelques frisons bruns, indomptés, s'échappaient de dessous sa coiffe, et son fichu à fleurs vives était gracieusement croisé sur sa poitrine.

« Qui es-tu? demanda-t-elle; je ne te connais pas.

— Je suis Guillaumette, la fille de Mercadier, le rôtisseur. Vous devez bien connaître notre rôtisserie dans la rue Barbecane : *Aux vrais Gaillards!*

— Ah! oui, je sais. Et que viens-tu faire ici?

— Accompagner demoiselle Micheline dont je suis la protégée. »

Micheline mit un terme aux questions qu'allait poser Jeanne.

« Je viens de jouir d'un merveilleux spectacle, dit-elle.

— Vous avez vu les consuls et leur cortège allant au-devant du roi?

— Oui, reprit Micheline. Mon cher grand-père, Michel Polverel, ouvrait la marche à côté de votre père, tous deux revêtus de leurs robes consulaires rouges et bleues, et montés sur de beaux chevaux noirs.

— On ne sait vraiment lequel avait le plus grand air, interrompit Guillaumette, de Michel Polverel à la chevelure blanche, ou de Jean Raynal au fier visage. D'une fenêtre de la rôtisserie j'ai pu assister au défilé. C'était superbe! Les corporations, les confréries avec leurs bannières, s'étaient réunies devant l'église collégiale, entourant les prêtres. Quand le cortège s'est mis en marche, on ne voyait plus le pavé des rues, mais des oriflammes, des fleurs, des flots de couleurs éclatantes.

— Il y a donc beaucoup de monde dans les rues? demanda Jeanne.

— De tous les environs, on accourt pour voir le roi. Les nobles dames, coiffées du hennin, arrivent sur des chevaux richement caparaçonnés, et sont suivies d'un page. A côté d'elles marchent les jeunes paysannes de leurs domaines qui, elles aussi, veulent voir le roi.

— Elles vont être bien attrapées! soupira Micheline d'un ton de compassion.

— Pourquoi? pourquoi?

— Mais parce qu'elles s'imaginent, les pauvrettes, que la vue du roi les dédommagera de leur fatigue. Elles se trompent fort!..

— Comment?... demandèrent à la fois les trois jeunes filles.

— Tout simplement parce que le roi est très laid.

— Oh! oh! Vraiment?

— Très mal mis!

— Ce n'est pas possible! protesta Guillaumette.

— A tel point possible, qu'il a l'air, entre les seigneurs qui l'entourent, d'être le valet de l'un d'eux.

— Qui t'a dit cela? demanda Gilberte.

— C'est mon grand-père, répondit Micheline. Il a eu l'honneur d'approcher le roi à Gourdon, et peu s'en est fallu qu'il ne commît une terrible méprise. Au milieu des grands seigneurs qui se trouvaient réunis dans la salle d'honneur, se tenait, fièrement campé, un jeune homme, très beau dans son vêtement de satin. Un personnage petit, chétif, vêtu d'un pourpoint de futaine, lui parlait tout bas et s'appuyait familièrement sur son épaule. Lequel était le roi? Ce ne pouvait être ce beau jeune homme : il paraissait trop jeune. Était-ce cet autre personnage aux allures bourgeoises, mais à la physionomie pleine de fierté? Mon grand-père hésitait, quand le petit homme au chapeau de feutre l'interpella en ces termes :

« — Pâques-Dieu! baron consul, m'apportez-vous les clefs de notre bonne ville gaillarde? »

« Mon grand-père se retourna vivement et fut saisi de l'expression malicieuse, de la fine ironie qui animait le visage du roi, car c'était bien Louis XI qui venait de parler.

— Quel était donc, demanda Jeanne, le jeune seigneur qui causait avec le roi?

— Son frère, le jeune duc de Berry, qui a visité la Guyenne et qui vient aussi à Brive. Il ne ressemble pas du tout à Louis XI. Le roi est habituellement sombre, morose, tandis que le duc de Berry a le visage clair, la lèvre souriante, le cœur ouvert et, foi de Briviste, nous aimons ça, en Limousin!

— Oui, nous aimons ça, affirma Guillaumette. Franc-parler, gai sourire, voilà ce qui nous plaît. Beau pourpoint, brillant panache, ne nous déplaisent pas non plus. Mais peu me chaut que le roi soit vêtu de futaine, pourvu qu'il ait le cœur loyal, généreux.

— Loyal, généreux! répéta Micheline, hochant la tête d'un air de doute.

— Tu ne crois pas qu'il le soit? demanda Gilberte.

— Certains faits récents permettent de croire que le roi est plus rusé que loyal, plus cruel que... Ah! mon Dieu! qu'allais-je dire? Si mon grand-père m'entendait! Ah! je vous en prie, insista-t-elle en joignant les mains, ne répétez pas ce que je viens de dire. J'ai été trop bavarde. »

Gilberte la rassura.

« Ne crains rien, Micheline, ton indiscrétion n'a aucune importance. Ce que tu as dit est oublié. Comme toi, fille de consul, je sais que ce qui concerne le gouvernement de la ville et les affaires d'État ne regardent pas les femmes. Nous n'avons pas le droit de nous en occuper.

— Vous parlez d'or, peut-être, demoiselle Gilberte, riposta Guillaumette. Quant à moi, je ne suis pas de cet avis. J'estime que les femmes ont les mêmes droits que les hommes, puisqu'elles supportent comme eux les calamités publiques. Que la famine survienne, par exemple, croyez-vous que la femme en souffre moins que son père, son mari ou son fils? Oh! non. Elle sera la première à rogner sa part pour augmenter celle des autres. Et la guerre? Ah! mon Dieu! Si les routiers[1] de Malemort[2] pouvaient sortir de leurs tombes, ils raconteraient que, pour repousser leurs assauts, il y avait sur nos remparts autant de coiffes blanches que de casques. Alors, pourquoi ne pas nous permettre de nous occuper de ce qui nous concerne?

— On connaît ton humeur batailleuse, Guillaumette, dit Gilberte en souriant. Tu serais capable d'émeuter toutes les femmes de la ville, si la fantaisie t'en prenait!

— A la barbe des quatre consuls, à celle du roi lui-même, je m'en vante!

— Oh! cette Guillaumette! dit Micheline en riant, elle est endiablée!

— Retirez cette expression, demoiselle Micheline. Il ne sied pas à la filleule de monseigneur saint Libéral de se servir des mots de diablerie.

— Saint Libéral est donc ton parrain, Micheline? demanda la petite Jeanne étonnée.

— Au jour de mon baptême, mon grand-père a atta-

[1] Bande de soldats déserteurs qui se livraient au pillage.
[2] Ancien château féodal dont il ne reste que des ruines.

ché lui-même à mon berceau cette médaille à l'effigie
du saint, médaille unique au monde, trouvée dans une
dalle du sanctuaire, répondit Micheline, en montrant à
sa petite amie une médaille en plomb, suspendue à son
cou par une chaîne d'or.

— J'oublie l'heure en aussi agréable compagnie, dit

Micheline montra à sa petite amie une médaille de plomb.

tout à coup Guillaumette. Je cours vite à la rôtisserie, où
les clients doivent affluer. Ce sera aujourd'hui une rude
journée de travail.

— De bonne recette aussi ! ajouta Gilberte.

— Espérons-le !

— Alors, tu ne verras pas le roi ?... demanda la petite
Jeanne. Moi, je le verrai de très près, puisqu'il vient
chez nous et que je lui serai présentée.

8 — Prphète.

« — C'est tout naturel : vous êtes la fille du consul. Je ne puis avoir l'honneur d'être admise en sa présence ; mais si demoiselle Gilberte le permet, je m'esquiverai un instant pour venir jusqu'ici ; peut-être, en me faufilant dans les couloirs, pourrai-je apercevoir le roi ou me trouver sur son passage.

— Je te le permets volontiers.

— Merci, bonne demoiselle. »

Et Guillaumette, après avoir salué respectueusement chacune des trois jeunes filles, quitta l'appartement qu'elles occupaient.

II

PARPAÏOL

Vive et gaie, le sourire aux lèvres, les manches retrous-
sées, Guillaumette circulait dans la grande salle de la
rôtisserie, où de longues tables avaient été dressées pro-
visoirement. Les consommateurs, bruyants et nombreux,
festoyaient gaiement : truites de la Vézère, jambons
fumés, ragoûts succulents excitaient les appétits qui semblaient ne jamais devoir s'apaiser. Le vin coulait à flots
des bottrines, et Guillaumette se multipliait, gourman-
dant les garçons, les valets malhabiles, et les excitant
au travail. Elle passait entre les tables serrées, sans
entendre les plaisanteries des buveurs, quand elle s'arrêta, surprise et effrayée, à la vue d'un singulier personnage, qui, le visage ensanglanté, entrait précipitamment
dans la rôtisserie en demandant secours et protection.
Des éclats de rire, mêlés à des menaces, arrivaient de la
rue, et une bande de jeunes hommes pénétra dans la
salle, à la suite du fuyard.

« Parpaïol! Parpaïol! A la Corrèze! Jetons-le à l'eau.
Il boira à la santé de son seigneur.

— Arrive donc, Parpaïol! »

Mais Parpaïol gisait par terre, et, en un instant, les dalles sur lesquelles il était tombé furent inondées d'un flot pourpre.

Les consommateurs s'étaient levés et formaient un cercle autour de Parpaïol, qu'ils regardaient curieusement. Tous connaissaient de réputation le fou favori du vicomte de Turenne, mais peu d'entre eux avaient eu, jusque-là, l'occasion de le voir. L'étrangeté de son costume attirait les regards : sa tunique courte, en satin, à raies blanches et vertes, était découpée en dentelures aiguës, à l'extrémité desquelles pendaient de minuscules grelots. Son bonnet, de même étoffe, était orné de la crête de velours écarlate qui distinguait la coiffure d'un fou, en titre d'office. Sa marotte, formée d'une tête en argent ciselé, montée sur un bâton d'ébène, était habillée comme le fou lui-même; elle baignait dans une flaque rouge, à côté du malheureux qui ne donnait plus signe de vie.

« Enlevez-le! A la Corrèze! criait en riant la bande joyeuse de ses persécuteurs qui, à vrai dire, semblaient se livrer à une bonne farce plutôt qu'à une poursuite cruelle.

— Oui, relevez-le, dit Guillaumette en s'approchant du groupe, mais pas pour le jeter à l'eau. N'avez-vous point de honte de vous acharner sur ce malheureux blessé? Suivez-moi, » dit-elle à deux hommes vigoureux qui, obéissant machinalement à Guillaumette, avaient relevé Parpaïol, toujours inanimé.

Elle les précéda dans une chambre, qui n'était autre que celle de Mercadier lui-même.

Parpaïol fut déposé sur le lit, puis Guillaumette congédia les deux étrangers et appela à son aide son cousin Claude.

Claude étai un garçon de vingt ans, s'initiant, sous la tutelle de son oncle, à l'art de la rôtisserie. Bien pris et vigoureux, gai comme un pinson, la mine éveillée, il était le type du vrai Gaillard.

Il accourut, empressé, à l'appel de Guillaumette, qui déjà avec une pitié mêlée d'inquiétude lavait le visage du blessé.

« Au diable ton blessé, Guillaumette! Tu n'as affaire qu'à un rusé farceur, » s'écria-t-il, en s'appuyant des deux mains sur ses genoux, pour rire plus à son aise.

Guillaumette s'arrêta interdite. Elle regarda Parpaïol. Celui-ci, malicieusement, ouvrait un œil et le refermait prudemment; un léger sourire flottait sur ses lèvres minces.

De blessure? Point. Seulement quelques gouttes de sang coulant de ses narines, jusque sur sa tunique maculée.

« Vous n'êtes donc pas blessé? » demanda-t-elle presque désappointée.

Parpaïol entr'ouvrit les yeux, regarda Guillaumette et Claude et, complètement rassuré, se dressa sur son séant. Il posa un doigt sur ses lèvres pour recommander la prudence, et montra la porte entr'ouverte.

Dès que Claude l'eut fermée :

« Ne me trahissez pas, gente demoiselle, ni vous, noble chevalier, dit-il.

— Noble chevalier!... moi! Ah! ah! ah! s'écria Claude. On voit bien que vous avez la tête fêlée, seigneur Parpaïol. Racontez-nous donc comment vous vous êtes trouvé dans cette bagarre, et surtout comment après avoir inondé de sang le pavé, vous vous retrouvez sans blessure, frais et dispos, comme l'attestent les fraîches couleurs de votre visage.

— Moi! j'ai inondé de sang le pavé! Vous plaisantez, sans doute! il est vrai qu'un sacripant de Briviste m'a cogné le nez un peu fort, d'où il est résulté une petite cascade de sang par les narines; mais, d'un saignement de nez à une inondation, il y a loin, maître Gâte-Sauce. Au fait, continua-t-il en tapotant sa poitrine avec inquiétude, c'est peut-être du bon sang de vigne que j'avais emmagasiné là! Ah! malheur de malheur! Quel dommage! du bon vin de Cahors, vermeil comme le rayon de soleil que la grappe emprisonne dans ses grains! »

Il entr'ouvrit vivement sa tunique, d'où s'échappèrent les débris de deux flacons de cristal, pendant qu'un parfum capiteux se répandait dans la chambre.

« Ah! maître fripon, d'où avez-vous sorti ce nectar?... Où l'avez-vous volé? dit Claude en riant.

— Volé? Répète ce mot, maraud! vilain! s'écria Parpaïol en brandissant sa marotte. Apprends que Parpaïol, ami et conseiller du seigneur de Turenne, ne commet pas un vol quand il s'octroie quelque breuvage destiné à la table seigneuriale. Ne devais-je pas, en prévision de cette journée mémorable, me pourvoir du bon vin qui délie la langue, excite la verve, fait pétiller l'esprit? Je l'avais mis là, en lieu sûr, continua-t-il, en posant sa main sur sa poitrine, et quand j'ai simulé une chute mortelle sur vos dalles de pierre, j'ai sans doute brisé mes flacons, sans le vouloir. Ah! que je suis malheureux!

— Consolez-vous, dit Guillaumette en souriant. La rupture de vos flacons a évité celle de vos os. J'ai cru, et tous l'ont cru, comme moi, que votre sang coulait avec abondance. Alors on a eu pitié de vous, ce qui m'a permis de vous mettre à l'abri des représailles qui vous menaçaient. Mais qu'avez-vous donc fait, pour ameuter ainsi le bon public contre vous?

— Ce que j'ai fait?... Ah! ah! ah! répondit Parpaïol, se tenant les côtes et riant aux larmes; ce que j'ai fait? Une petite farce, une toute petite farce qui n'a fait de mal à personne. Je veux bien vous la dire, à vous qui êtes une charmante demoiselle, et à votre jeune chevalier servant, mais il ne faudra pas me trahir.

— Non! non! dirent en même temps Guillaumette et Claude, que le fou amusait.

— Voici : hier, pendant que notre digne chapelain s'abandonnait aux douceurs de la méridienne, je me suis glissé, comme un fantôme, près de sa table à écrire, et je me suis emparé du récipient qui contient la liqueur noire avec laquelle il trace, sur le parchemin, de savants caractères.

— Autrement dit, vous avez pris son encrier, interrompit Guillaumette.

— C'est cela même, mais j'ai laissé sa plume d'oie, car, n'étant pas grand clerc, je ne sais former ni *a*, ni *b*. J'ai préféré le plus gros des pinceaux dont se sert le Frère Étienne pour enluminer le missel de notre châtelaine.

— Que pensiez-vous faire avec de l'encre et un pinceau?

— M'amuser aux dépens de vos concitoyens, maître Gâte-Sauce. Mais ils sont gens de peu d'esprit, car ils ont mal pris la chose.

— Vous me surprenez!

— C'est pourtant vrai. En arrivant dans la rue des Frères-Mineurs, je me trouve nez à nez avec quatre des principaux notables de la ville.

« — Tiens, le seigneur Parpaïol! s'écrie l'un d'eux, Quel honneur, pour notre cité gaillarde, de recevoir à la fois deux visites royales : celle de notre roi bien-aimé, Louis le onzième, et celle du roi des fous. Sire Parpaïol, je vous présente mes hommages.

« — Je suis heureux, ai-je répondu, de vous accorder des lettres de noblesse en échange de votre hommage. Permettez que je les signe ici même. »

« Ce disant, je trempe mon pinceau dans l'encre et, pif, paf, un coup sur le nez, deux coups sur les joues du bourgeois ahuri, et voilà mon bonhomme transformé en épouvantail. J'en fais autant à chacun des trois autres, et la foule d'éclater de rire devant les bourgeois barbouillés d'encre. Je m'esquive promptement; mais des cris : « Arrêtez-le! arrêtez Parpaïol! » retentissent à mes oreilles. Je veux courir pour me sauver, la foule m'en

empêche. Je recours à mon pinceau pour me frayer un
chemin, et par-ci, par-là, à droite, à gauche, sans crier
gare, j'orne de belles moustaches noires les lèvres des
superbes filles, ou je caresse le nez rubicond de respec-
tables citoyens. C'est alors une véritable chasse à l'homme.
Je reçois un coup de poing sur le nez, je riposte par mon

« Deux coups sur les joues de mon bourgeois ahuri, et voilà
mon homme transformé en épouvantail. »

flacon d'encre. Réduit aux abois, je vois une porte grande
ouverte, celle de votre rôtisserie, je m'y précipite et...
vous savez le reste.

— Farceur! farceur! répéta Claude en riant. Vous avez
eu l'audace de simuler presque la mort, d'effrayer ma
cousine Guillaumette et d'accepter ses soins empressés.
Vous êtes un effronté coquin!

— Chut! chut! mon jeune ami, ne vous emportez pas.

je saurai reconnaître les bons soins de cette jeune et
compatissante personne, tout aussi bien que le ferait un
preux chevalier. »

Mettant un genou en terre devant Guillaumette, il
ajouta, la main sur son cœur :

« Très charmante demoiselle, je jure par ma marotte
de vous servir fidèlement jusqu'à mon dernier jour, au
péril de ma vie, dans la guerre comme dans la paix, à
travers le feu, à travers l'eau, sur terre, sur mer, sur...

— C'est bon ! c'est bon ! dit Guillaumette en riant, je
me déclare satisfaite et, pour vous le prouver, je vais
vous offrir une demi-bottine de vin de Cahors, puisque
le vôtre a été répandu.

— Béni soit le Ciel de m'avoir envoyé sous votre toit,
noble demoiselle ! Que l'occasion de vous être utile me
soit offerte, et, foi de Parpaïol ! vous verrez que vous
n'avez pas affaire à un ingrat. »

Tout en formulant ses protestations, Parpaïol, à la
suite de Guillaumette et de Claude, était rentré dans la
salle. Il s'assit à une table isolée, et, pendant que Claude
allait chercher le flacon promis, Guillaumette lui dit,
hésitante :

« Messire Parpaïol, je ne tarderai pas, peut-être, à
réclamer votre aide : j'ai grande envie de voir le roi.
Demoiselle Gilberte, la fille du consul, m'a permis de me
rendre chez elle pour satisfaire ma curiosité, mais il se
peut que j'aie besoin de vous pour y arriver.

— Noble demoiselle, Parpaïol, votre chevalier servant,
vous prendra sous sa garde, et dussé-je encourir la

disgrâce du roi lui-même, vous verrez Sa Majesté, quand
je devrais être écartelé, pendu!...

— Oh!... c'est trop!... c'est trop!... s'écria Guillaumette
effrayée. Je ne voudrais pas vous exposer à la mort...
En quoi mon désir de voir le roi pourrait-il lui déplaire?

— Sait-on jamais? »

Et, se penchant vers Guillaumette, il ajouta à voix basse :

« Ses grands vassaux n'ignorent pas qu'il est méfiant,
cruel. Aujourd'hui même, ils ne l'approchent qu'en tremblant. J'ai entendu bien des plaintes depuis que le roi
est en Quercy : une noble dame pleure, un beau jouvenceau gémit dans les fers.

— Comment? De qui s'agit-il? »

Parpaiol posa un doigt sur sa bouche en regardant
Guillaumette et, s'adressant à Claude qui arrivait, portant un morceau de pâté et le vin de Cahors promis :

« Vivent les bons Gaillards! Vivent les rôtisseurs de la
rue Barbecane! » s'écria-t-il, en donnant un formidable
coup de poing sur la table.

Et, la figure réjouie, il mordit à belles dents dans la
croûte dorée.

Guillaumette et Claude, le laissant à cette occupation,
reprirent leur tâche, non sans avoir été gourmandés par
le père Mercadier, qui, gros et ventru, le tablier relevé,
surveillait cassseroles et broches.

Quelques minutes plus tard, Parpaiol, ayant apaisé sa
soif et assouvi sa faim, se leva de table. Après s'être assuré
du calme relatif de la rue et de l'absence de tout danger,
il quitta la rôtisserie pour rejoindre le vicomte de Turenne.

III

EN CAGE

La ligne d'ombre marquait midi sur le cadran solaire,
quand Guillaumette pénétra chez le consul par la petite
porte destinée aux gens de service. Elle avait eu soin,
pour ne pas éveiller la méfiance des gardes, de se munir
d'une corbeille remplie de fruits. Ceux-ci, tenant lieu de
mot de passe, furent happés par les soldats de garde.
Peu lui importait de les voir disparaître : l'essentiel, pour
elle, c'était de se faufiler dans quelque couloir sombre
et de se trouver sur le passage du roi. Elle traversa la
cour d'honneur sans attirer l'attention, et gagna prestement l'escalier monumental conduisant vers les appartements destinés au souverain. Elle espérait pouvoir se
blottir derrière un bahut ou se dissimuler sous une
draperie.

Un bruit de pas furtifs, un chuchotement attirèrent son
attention au tournant de l'escalier.

« Vous êtes-vous assuré que l'on fait bonne garde
auprès du prisonnier? demandait une voix lente et caute-
leuse.

— J'ai veillé moi-même sur lui jusqu'à présent, messire Olivier, et je viens de le confier à mon valet Porte-Poigne, qui ne le quittera pas de l'œil.

— Vous en êtes responsable, Tauriac, ne l'oubliez pas! La justice du roi doit être satisfaite; il ne faut pas que ce jouvenceau nous échappe. Veillez à ce qu'il n'attire pas trop l'attention ici.

— C'est justement à ce sujet que je voulais vous parler, messire Olivier. La fille du consul, qui a vu le prisonnier, s'est émue de trouver, entouré de gardiens et chargé de fers, ce tout jeune homme aux boucles blondes. Elle nous a questionnés, mais nous n'avons point daigné répondre; elle est revenue un quart d'heure plus tard, suivie d'une servante portant des vivres. Sur mon honneur! elle avait les yeux pleins de larmes en lui présentant elle-même, dans une écuelle d'argent, une soupe limousine au parfum réconfortant. Il faut se méfier; si les femmes s'en mêlaient, ce ne serait pas facile!

— La justice du roi s'inquiète peu des femmes. Savez-vous si la mère du prisonnier est restée en Rouergue? Que dit-on à ce sujet?

— On n'en parle guère; mais j'ai bien remarqué que tous ceux qui voient mon prisonnier semblent le plaindre. Aussi, pour le dérober aux regards curieux, je l'ai conduit dans un cellier où nul ne viendra nous déranger. »

Et Tauriac ajouta sur un ton de prière:

« Messire Olivier, voudriez-vous bien faire remarquer au roi tout le dévouement que je mets à le servir? Mieux que tout autre, puisque vous avez l'honneur d'être son

barbier, vous pouvez l'approcher et lui parler librement. »

Olivier le Daim sourit : il savait bien que nul conseiller
n'était mieux écouté que lui quand, la serviette sous le bras,
le bassin d'argent en main, il procédait à la toilette du roi.

« C'est bon, c'est bon! Pour le moment, gardez votre
prisonnier, et, à la moindre alerte, prévenez-moi sans
retard. Nous allons démontrer au roi la nécessité d'une
prompte exécution. »

Par une habitude de méfiance continuelle, Olivier le
Daim se pencha au-dessus de la rampe de pierre pour
s'assurer que nulle oreille, autre que celle de son inter-
locuteur, n'avait entendu ses dernières paroles. Il aperçut Guillaumette, pâle, immobile, retenant son souffle et
se cramponnant des deux mains à l'un des barreaux,
pour ne pas faire le moindre mouvement.

« Qui est là? Que faites-vous ici? » demanda, d'un ton
bref, le barbier du roi.

Guillaumette, les yeux dilatés par la crainte, regardait
le petit homme pâle et maigre qui lui parlait.

« Je t'y prends à espionner, vermine! Vous, Tauriac,
empoignez cette fille et mettez-la sous clef, jusqu'à ce
que je donne ordre de la délivrer ou de la pendre. »

Guillaumette, paralysée par la frayeur, ne poussa pas
un cri; elle s'affaissa, tout blanche, sur la marche, aux
pieds de Tauriac.

« Où la mettre? se demanda Olivier. Impossible de la
transporter au rez-de-chaussée sans éveiller la curiosité.
Voyons par ici... »

Il ouvrit une porte, et l'inspection rapide qu'il fit de la pièce dans laquelle elle donnait accès dut lui suffire, car il dit :

« Étendez-la sur le plancher. C'est bien. Il n'y a rien de mieux, pour revenir d'une syncope, que la position horizontale. Fermons la porte. Je garde la clef. Inutile de parler de tout ceci.

— Compris ! » se contenta de répondre Tauriac.

Et, redressant ses moustaches, il descendit d'un pas ferme, pour aller rejoindre son prisonnier.

Ainsi que l'avait dit Olivier, Guillaumette ne fut pas plus tôt

Guillaumette put atteindre le large rebord.

étendue par terre qu'elle reprit connaissance. Sa première impression, en se trouvant emprisonnée, fut très pénible ; déjà, elle se voyait oubliée, mourant de faim, et des larmes lui remplirent les yeux.

Elle ne s'abandonna pourtant pas longtemps à son chagrin ; son esprit d'initiative et son courage reparaissant bientôt, elle examina d'abord la pièce où elle était enfermée.

Dans l'épaisse muraille s'ouvrait une fenêtre dont Guil-

laumette, sans trop de peine, put atteindre le large
rebord où elle s'assit. De son observatoire, son regard
plongeait dans la cour d'honneur, où c'était un va-et-vient
continuel de soldats, de valets, de bourgeois et de seigneurs. Elle n'avait qu'à appeler pour être entendue,
c'était déjà une sécurité; mais encore fallait-il, en cette
occurrence, ne s'adresser qu'à un ami. Ah! si demoiselle
Gilberte pouvait passer par là!...

Elle avait à peine formulé ce désir, qu'un bruit de
grelots et un éclat de rire succédant à l'appel de son
nom attirèrent son attention. Le bâtiment en face était
percé, comme celui qu'elle occupait, de larges baies
sculptées dans l'une desquels s'encadrait le remuant
Parpaïol.

Il avait aperçu Guillaumette et se livrait à une mimique
désespérée pour attirer son regard. Vivement, Guillaumette s'agenouilla sur la fenêtre et, se retenant à l'appui,
se pencha au dehors autant que cela fut possible, pour
que sa voix pût parvenir à Parpaïol :

« Prisonnière,.... enfermée. A mon secours! »

Ce fut tout ce que put saisir le fou.

Il se frappa le front, et sa physionomie prit une expression de désespoir comique.

Il regarda le pavé de la cour et mesura du regard la
hauteur de la fenêtre où se tenait Guillaumette. Peu satisfait, sans doute, de cette observation, il sembla réfléchir
un instant. Il regarda la toiture, compta les fenêtres, de
celle à l'extrémité du bâtiment à celle où était Guillaumette, et sa figure se rasséréna.

Il secoua joyeusement sa marotte dans la direction de la prisonnière, posa son index sur son front, pour lui indiquer qu'une idée géniale avait germé dans son cerveau, et disparut bientôt.

Dix minutes s'étaient à peine écoulées qu'un léger coup, frappé à la porte, fit tressaillir Guillaumette. Elle répondit à un second coup par un : « hum ! » léger. Aussitôt une clef, introduite avec précaution dans la serrure, tourna sans effort, et Parpalol, passant la tête par la porte entrebâillée, lui fit signe de sortir. Le sourire de Guillaumette fut son muet remerciement. Parpalol lui prit la main, et tous deux allaient s'engager dans l'escalier quand un bruit de pas les força à changer de direction. Plusieurs personnes, à en juger par les éclats de voix qui arrivaient jusqu'à eux, s'avançaient en sens inverse, dans le corridor qu'ils suivaient.

Pour éviter une rencontre, Parpalol ouvrit une porte devant laquelle ils se trouvaient et, voyant une grande salle déserte, il y poussa Guillaumette. Celle-ci, sans admirer les fines poutrelles du plafond, ni les riches tapisseries qui ornaient la vaste pièce, se glissa instinctivement sous une lourde draperie qui dissimulait dans un angle une fenêtre murée.

A peine l'étoffe avait-elle repris son immobilité, que les quatre consuls de Brive pénétraient dans cette salle.

« Vous ici, messire Parpalol ! s'écria galement Polverel, vieillard à la barbe blanche. Par quel hasard vous trouvez-vous dans la salle du Conseil ? Est-ce à titre de conseiller, ou à titre de plaignant ?

9 — *Papin.*

— Aux deux, baron consul.

— Quel conseil donnes-tu? demanda Raynal.

— Un conseil pour le roi, d'abord; qu'il se méfie des femmes de Brive : ce sont de fines gaillardes qui pourraient bien lui donner du fil à retordre, s'il s'avisait de faire entourer d'une corde le col de certain gentilhomme! »

Les consuls se regardèrent; l'expression sérieuse de leur visage indiquait plus de tristesse que d'étonnement.

« Un autre conseil, celui-ci pour vous, dignes consuls, continua Parpaïol; ne livrez pas au chat la souris blanche qui habite cette salle.

— Vieux fou! murmura le consul Delon en haussant les épaules.

— Et quel est le motif de ta plainte? demanda Polverel.

— Ma plainte, la voici : les habitants de votre ville n'ont aucun respect pour les artistes. N'ai-je pas été bafoué, ce matin, par la populace, parce que j'ai voulu enluminer, à ma façon, la figure de quelques riches bourgeois! »

Et Parpaïol refit aux consuls le récit qui, le matin, avait si fort amusé Guillaumette et Claude.

« Sauve-toi donc vite, Parpaïol, dit Jean Raynal en riant. De notables bourgeois vont arriver, et tu ne dois pas t'exposer à rencontrer ici quelqu'une de tes victimes. »

Parpaïol jeta un regard anxieux sur la draperie qui cachait Guillaumette et, ne la voyant pas bouger, il se retira, presque rassuré.

IV

LA MÈRE DU PRISONNIER

« Ah ! demoiselle Micheline, quelle aventure ! s'écria Guillaumette, entrant en coup de vent dans la chambre gothique où, au début de ce récit, nous avons trouvé les filles du consul.

— Que t'est-il donc arrivé ? demanda Micheline, que l'émotion de Guillaumette rendait anxieuse.

— Ah ! quelle aventure ! répéta la fille du rôtisseur, mettant ses deux mains sur son cœur comme pour en modérer les palpitations.

— Assieds-toi et essaie de te calmer, ma chère Guillaumette, dit gentiment Micheline.

— Raconte-moi pourtant bien vite ce qui t'a troublée si fort ! »

Haletante et émue, Guillaumette narra les incidents que nous connaissons déjà.

Micheline, satisfaite sur ce point, poursuivit :

« Tu as donc vu le roi dans la salle du Conseil ? Comment est-il ? comment le trouves-tu ?

— Ah! vous aviez bien raison de dire qu'il n'est pas beau. Sous son affreux chapeau, on voit luire deux yeux malins qui transpercent. Par bonheur, dissimulée derrière une draperie, j'étais hors de leur atteinte. Il a le nez allongé, les lèvres minces, la physionomie futée, maligne. Je ne sais pourquoi, en le voyant, j'ai pensé à messire Renard. Le roi porte un vêtement de couleur rousse; son pourpoint est fait de grossière étoffe, et son haut-de-chausses est en laine foncée. Il est coiffé d'un affreux petit chapeau bosselé, digne de coiffer un mécréant. Que dis-je? un mécréant! Le roi, au contraire, est un très dévot personnage. Les nombreuses médailles de plomb qui ornent ce vilain chapeau en font foi.

— Tu l'as échappé belle, Guillaumette! Que serait-il advenu de toi, si on t'avait surprise assistant au conseil du roi?

— Sûrement, j'aurai été essorillée!

— Essorillée, puis pendue probablement!

— Ne risque pas cet honneur qui veut! » dit crânement Guillaumette.

Elle continua d'un ton mystérieux :

« Que de choses graves, secrètes même, j'ai entendues. Je vais tout vous dire.

— C'est peut-être mal de répéter ce que tu as entendu, objecta Micheline.

— Pas du tout. Il est bon que nous soyons toutes au courant de ce qui se dit et de ce qui se fait. Un homme averti en vaut deux, dit-on, et j'ajoute, moi : une femme avertie vaut quatre hommes. Qui sait si, avant la fin de

la journée, vous ne vous applaudirez pas de mon indiscrétion, en admettant qu'il y ait indiscrétion?

— Le roi a-t-il été bienveillant pour les consuls?

— Le roi Louis semblait oublier les grands person-

« Qu'il soit pendu à l'aube! » .

nages qui l'entouraient pour ne s'occuper que des consuls
et des bourgeois. Il a promis à sa bonne ville de Brive de
nouveaux privilèges et de nouvelles franchises. Il parlait
d'une voix onctueuse; il avait l'air presque bonhomme.
Mais, tout à coup, sa parole est devenue brève, impé-
rative :

« — Barons consuls, a-t-il dit, le prisonnier que j'ai
confié à votre garde sera pendu demain à l'aube. »

— Un prisonnier, dis-tu? Oh! ce gentil prisonnier, si
jeune, que j'ai entrevu un instant, serait-il donc condamné à mourir?

— Vous l'avez donc vu?

— Oui, dans la salle des gardes : Gilberte, ayant appris
qu'un prisonnier y avait été amené et, de là, devait être
écroué dans une prison de la ville, a voulu lui porter elle-
même son repas et lui dire quelques mots de consolation. Je l'ai accompagnée. Alors tu dis que ce prisonnier
est condamné à être pendu?

— Le roi a dit :

« — Qu'il soit pendu à l'aube; qu'avis en soit donné,
après exécution, aux sénéchaux de Guyenne, du Périgord
et du Limousin, afin que nos grands vassaux apprennent
comment le roi Louis traite les révoltés et les hommes
vendus au duc de Berry ici présent! »

— C'est affreux! Le duc de Berry n'a-t-il pas protesté!

— Il est devenu d'une pâleur mortelle, mais n'a rien
répliqué. Les seigneurs qui entouraient le roi semblaient
terrifiés. Un silence de mort régnait dans l'assistance,
quand le consul Raynal, d'une voix nette et calme, dit au
roi :

« — Les consuls de Brive sont les humbles et dévoués
serviteurs de Votre Majesté, ils sauront lui obéir; mais je
croirais manquer à mon devoir si je ne prévenais Votre
Majesté de certaines particularités concernant la prison
dans laquelle son prisonnier va être enfermé. »

— Quelles particularités? demanda anxieusement Micheline.

— Le roi fit cette même question, et le consul reprit :

« — Sire, les prisons de Brive ont été en partie détruites par un incendie récent; il n'en reste plus qu'un cachot souterrain appelé prison de Saint-Libéral. Ceux qui parviennent à s'en échapper sont sous la protection du puissant patron de la ville, et malheur à celui qui porte atteinte à leur liberté recouvrée, ou qui tire vengeance de leur évasion. Il encourt les malédictions de monseigneur saint Libéral!

« — Est-il facile de s'en échapper? demanda le roi.

« — De mémoire d'homme, nul, jusqu'ici, n'a pu s'en évader, répondit le consul. Les verrous en sont multiples, les serrures solides; je ne crois pas une évasion possible. »

« Le roi réfléchit un instant :

« — N'avez-vous pas d'autres prisons? demanda-t-il.

« — Non, sire.

« — Pâques-Dieu! baron consul, enfermez-le donc dans le cachot de Saint-Libéral, mais faites bonne garde, et qu'il n'en sorte que pour être pendu! »

— Ah! quelle pitié! s'écria douloureusement Micheline. Qu'a-t-il pu faire pour être ainsi condamné à la pendaison? Si tu voyais comme il est jeune, comme il semble bon!

— Chut! j'entends quelqu'un, » dit Guillaumette.

La petite Jeanne entra, souriante.

« Sais-tu, Guillaumette, dit-elle à cette dernière, que j'ai dansé la bourrée devant le roi avec trois de mes

amies? Et il a été si fort charmé de notre danse limousine, qu'il a dit :

« — J'abandonne à ces mignonnes les quatre douzaines
de flambeaux de cire dont les consuls m'ont fait présent.
Qu'avec le produit de la vente de ces cierges on leur offre,
à chacune, une agrafe d'argent. »

« N'est-ce pas que le roi est bon? »

A ce moment, la porte s'ouvrit de nouveau. Marthe,
la nourrice de Gilberte, qui habitait chez le consul,
investie de la confiance de ses maîtres, introduisait une
femme encore jeune, d'une remarquable beauté. Elle
annonça :

« Très haute et très noble dame Aimeline, comtesse
de Rouergue. »

Les jeunes filles restèrent muettes d'admiration, autant
que de surprise, devant la gracieuse apparition. Le fin
visage de l'inconnue, malgré le sourire triste dont elle
essayait d'animer ses lèvres, avait une expression douloureuse; ses grands yeux bruns lumineux étaient pleins
de larmes. La richesse de son costume ajoutait à l'élé-
gance et à la noblesse de sa personne. Son chaperon était
formé d'un treillis d'or, surmonté de deux bouffants de
gaze légère autour desquels s'enroulait un cordon de
perles fines. Un voile, également de gaze vaporeuse, des-
cendait jusqu'à la traîne de sa longue robe. Une ceinture
d'or, finement travaillée, enserrait sa taille, à la fois vigoureuse et souple, et le blason des fiers comtes de Rouergue
était brodé, un peu à gauche, en bas de sa jupe de
velours gros bleu.

« Oh ! la belle dame ! la belle princesse ! s'écria la petite Jeanne.

— Dites plutôt : la malheureuse mère ! mon enfant, » répliqua la comtesse.

Et se tournant vers Micheline :

« Êtes-vous la fille aînée du consul Jean Raynal ? demanda-t-elle.

— Non, madame. Je suis la petite-fille de Michel Polverel, le consul à la blanche chevelure ; mais, si vous voulez parler à Gilberte, nous allons la prévenir de votre arrivée.

— J'y cours ! » se hâta de dire Guillaumette, oubliant le danger qu'il y avait pour elle d'être reconnue par Tauriac ou par Olivier.

Micheline, intimidée, avança un siège à la comtesse :

« Vous paraissez bien fatiguée, madame, dit-elle de sa voix la plus douce. Ne voulez-vous pas vous asseoir ?

— Je suis bien lasse, en effet, dit la comtesse en s'asseyant ; mais qu'est ma fatigue en comparaison de l'angoisse douloureuse qui m'étreint le cœur ! C'est un appel désespéré que je viens faire entendre à la fille du consul. On la dit très bonne. On m'assure que son père, appréciant sa haute intelligence et sa droiture, s'inspire quelquefois de ses conseils. Mon seul espoir repose en elle.

— Dans ce cas, rassurez-vous, madame ; Gilberte est la jeune fille la plus compatissante qui soit au monde. Si votre consolation dépend d'elle seule, séchez dès maintenant vos pleurs. La voici. »

Gilberte entrait, en effet. Elle s'inclina profondément,

saisie elle aussi de respect et d'admiration pour sa noble
visiteuse.

Celle-ci se leva vivement et saisit les mains de la jeune
fille en disant d'une voix vibrante :

« O douce enfant! soyez ma providence! soyez notre
ange libérateur! Sauvez mon fils!

— Votre fils, madame? dit Gilberte étonnée; je ne com-
prends pas.

— Mon fils, reprit la comtesse avec véhémence, mon
fils emprisonné par ordre du roi, traîné à sa suite, chargé
de fers comme un vil malfaiteur, et condamné à être
pendu! Mon doux Bertrand, la joie de mon âme, l'orgueil de ma vie!

— C'est donc votre fils, s'écria Micheline, ce prisonnier si jeune et si triste que nous venons de voir?

— Vous l'avez vu? Vous lui avez parlé? Il est donc ici?
Oh! je vous en supplie, obtenez-moi la grâce de le voir,
de l'embrasser! »

Et son regard implorait Gilberte.

« Calmez-vous, madame, dit la jeune fille. Mon cœur
compatit grandement à votre peine, et, s'il est en mon
pouvoir de l'alléger, vous serez bientôt satisfaite. Dites-
moi ce que je puis faire pour vous?

— Je vous dois d'abord quelques explications. Mon
fils, Bertrand, comte de Rouergue, est attaché, depuis
six mois à peine, à la personne du duc de Berry, frère
du roi. Il s'est senti attiré vers le prince, jeune comme
lui, et son âme candide et confiante s'est donnée sans
restriction. Ignorant le mal, il ne pouvait le soupçonner

chez autrui, et, dans cette cour de France dominée par l'hypocrisie et la méfiance, mon Bertrand est devenu la proie des ennemis du duc. On a dévoilé au roi un prétendu complot tramé par son frère, que l'on accuse de convoiter la Guyenne. Mon fils a été surpris porteur d'un message dans lequel Charles de Berry remercie Louis d'Aubusson, évêque de Cahors, de l'assurance de son dévouement. Il n'en fallait pas davantage pour accréditer aux yeux du roi les accusations mensongères des ennemis du duc. Dès ce jour, il fut convaincu qu'un complot existait, que les seigneurs allaient se révolter, ayant à leur tête le duc de Berry.

La comtesse Aimeline se laissa tomber sur le grand fauteuil gothique.

Le roi n'ose châtier ni son frère, ni les grands feudataires du royaume; mais il veut leur donner un avertissement terrible, les retenir dans l'obéissance par un exemple frappant, et c'est mon Bertrand, victime innocente, qui va être livré au bourreau! Un enfant de seize ans! On l'accuse d'un crime d'État, alors qu'il ne sait que deux choses : aimer Dieu et sa mère, servir son seigneur. »

S'adressant à Gilberte :

« Vous ne le laisserez pas mourir! Vous le sauverez! Oh! je vous en supplie, dites-moi que, vous le sauverez! »

Brisée par l'émotion, la comtesse Aimeline se laissa tomber sur le grand fauteuil gothique et pleura tristement.

Jeanne et Micheline s'agenouillèrent auprès d'elle, cherchant à la consoler.

« Oui, tu le sauveras, Gilberte, il faut le sauver, dit la petite Jeanne, il faut le rendre à sa mère!

— Ah! noble dame, que ne donnerais-je pas pour sa délivrance! Mais que puis-je, moi, pauvre fille, contre les ordres du roi?

— Beaucoup plus que vous ne pensez : les consuls ont le droit d'exprimer un désir à leur hôte royal. Bonne Gilberte, ajouta-t-elle en levant ses mains jointes vers la jeune fille émue, douce orpheline, au nom de la mère que vous pleurez, soyez-moi compatissante. Plaidez auprès de votre père la cause de l'innocent. Que votre cœur aimant lui inspire grande pitié pour ma détresse! Qu'il demande au roi la grâce de mon fils!...

— Il le fera, madame, mais l'obtiendra-t-il? Ne vaudrait-il pas mieux faire intervenir les grands feudataires dévoués au roi? Le vicomte de Turenne, Agne de La Tour, est ici. Il jouit, actuellement, d'une grande faveur auprès du roi qui le nomme son cher et féal cousin. Il a plus d'autorité et de chance de réussite que tous nos consuls réunis.

— Hélas! Agne de La Tour est intervenu déjà, mais sans succès. Gilberte, je n'ai d'espoir qu'en vous! »

Puis, s'adressant à Micheline :

« Et vous, gracieuse enfant, ne m'avez-vous pas dit que vous avez pour aïeul l'un des consuls?

— Oui, noble dame. Je suis fière d'être la petite-fille de Michel Polverel.

— Oh! parlez-lui pour moi. Vous trouverez des accents qui iront droit à son cœur. Unie à votre amie, vous obtiendrez, par vos prières, la délivrance de mon Bertrand.

— S'il suffit, pour gagner votre cause, d'attendrir les cœurs de nos pères, je vous dirai simplement : réjouissez-vous, madame, votre fils vous sera rendu. Mais, continua Gilberte, sa délivrance ne dépend pas des consuls, elle est subordonnée au bon plaisir du roi.

— Louis XI ne peut opposer un refus aux instances des consuls qui viennent de le recevoir avec une telle magnificence. Je vous en supplie, mon enfant, ne perdez pas un instant. Les jours, que dis-je? les heures de mon fils sont comptées; le moindre retard peut être funeste. Allez et que Dieu vous inspire!

— Oui, allez! s'écria Jeanne avec impétuosité, et ramenez bien vite le jeune comte à sa mère pour qu'elle ne pleure plus. En attendant je vais essayer de la consoler. Voulez-vous, madame, que je vous narre un conte? reprit-elle dès que Gilberte et Micheline furent sorties. J'en sais de très beaux.

— Chère petite, dit la comtesse en attirant l'enfant vers elle, rien ne peut distraire ma pensée de son immense douleur. Vous êtes trop jeune pour comprendre mes angoisses, pour savoir comment nous, mères, nous aimons nos fils!

— Oh! madame, ne pleurez pas, je vous en prie; rassurez-vous. Gilberte et Micheline plaideront chaleureusement vo're cause, et mon papa est si bon! »

Jeanne s'arrêta, car la porte venait de s'ouvrir devant Guillaumette, qui s'avançait toute rougissante et qui balbutia :

« Pardonnez-moi, madame. J'ai tout entendu et je n'ai pu résister à l'élan qui m'entraîne vers vous, pour vous consoler. Ayez confiance, toujours et malgré tout!

— Merci, mon enfant, d'essayer de relever mon courage.

— Et même, continua Guillaumette avec animation, si les consuls échouent, ne désespérez pas. Souvent c'est parmi les humbles, parmi les petits, que les grands ont trouvé du secours. Je le jure, au nom de toutes les femmes de Brive, dont je connais le courage et la générosité, nous ne resterons pas, nous, insensibles à votre douleur et, fallût-il tenter l'impossible pour sauver votre fils, nous le tenterions! »

La comtesse Aimeline hocha tristement la tête.

« Hélas! que peuvent de faibles femmes contre la volonté royale?

— Ce qu'ont pu nos aïeules contre les routiers de Malemort, contre les troupes de l'Anglais!

— Chère enfant, vous voulez me donner de l'espoir, et je vous en remercie. Quel est votre nom, et comment vous trouvez-vous chez le consul? »

Guillaumette, pour distraire la comtesse, mit dans ses réponses toute sa verve et son esprit naïf.

Elle fut interrompue par l'entrée de Micheline et de Gilberte.

« Ah! je lis sur vos visages attristés la condamnation de mon fils! s'écria la comtesse. Les consuls refusent de porter secours à l'innocent!

— Non, madame, répondit Gilberte. Les consuls mettent au service de votre cause leur entier dévouement. Votre douleur, la jeunesse de votre fils, les ont grandement touchés. Ils ne négligeront rien pour sauver le comte de Rouergue.

— Mon grand-père pleurait d'émotion, ajouta Micheline, et tout ce qu'il est possible de faire pour sauver le comte, il le fera.

— Oh! merci, merci, mes enfants, s'écria la comtesse dont la physionomie s'éclaira d'une expression de joie. Soyez mille fois bénies!

— Madame, dit Gilberte, voulez-vous accepter l'hospitalité que mon père me charge de vous offrir? Dans notre demeure, plus que partout ailleurs, votre douleur sera respectée.

— Mais ma présence sous votre toit ne sera-t-elle pas, si le roi en est informé, un danger pour la sécurité du consul?

— Le consul Jean Raynal, reprit fièrement Gilberte, ne se préoccupe jamais de sa sécurité personnelle, quand il s'agit de bien faire. Voulez-vous me permettre, madame, de vous conduire dans l'appartement qu'il vous offre? Un peu de repos vous est bien nécessaire. »

La comtesse leva son beau regard reconnaissant vers Gilberte et la suivit, accompagnée de Jeanne, après avoir adressé un doux sourire à Micheline et à Guillaumette.

La porte était à peine refermée que Guillaumette levait les bras au ciel, dans un geste de compassion.

« Si ce n'est pas pitié de voir souffrir une si noble dame, un si jeune seigneur, et par la faute d'un aussi vilain roi! Vous pleurez, demoiselle Micheline? Vous n'espérez donc pas que la grâce soit accordée?

— Hélas! ma bonne Guillaumette, la pitié des consuls est impuissante à sauver le comte de Rouergue. Avant même que nous les en priions, ils avaient fait une démarche auprès du roi qui s'est montré inexorable. Le comte Bertrand sera pendu demain à l'aube.

— Ah! quel malheur! murmura Guillaumette, pendant que deux larmes coulaient sur ses joues.

— Nous avons voulu laisser à la pauvre mère quelques lueurs d'espoir. Gilberte tient à la garder auprès d'elle pour l'entourer de ses soins, dans cette terrible épreuve. »

Guillaumette, accroupie sur un petit banc de bois, les coudes sur ses genoux, la tête dans les mains, demeurait silencieuse.

« Tu pleures, Guillaumette?

— Non, je réfléchis. »

Quelques minutes à peine s'écoulèrent : Guillaumette se redressa et, d'une voix joyeuse :

« Demoiselle Micheline, s'écria-t-elle, j'ai trouvé! Moi, Guillaumette, je ferai échec au roi! »

V

LE COMPLOT

« Mon père, j'aurais une grâce à vous demander, »
disait Guillaumette en attirant Mercadier dans l'embrasure d'une fenêtre de la cuisine.

Elle déposa deux baisers sonores sur les joues colorées
et rebondies du rôtisseur, qu'elle savait d'avance gagné
par ce seul moyen.

« Que désires-tu, petite? demanda-t-il en tapotant le
visage souriant de Guillaumette.

— Donnez-moi congé pour le reste de la journée, cher
papa : vous me feriez si grand plaisir!

— Oui-dà? En un jour pareil, où les rues sont pleines
d'étrangers effrontés et insolents, de soldats grossiers et
malappris, une honnête fille ne quitte pas son père. Nous
avons de l'ouvrage par-dessus la tête; donc tu resteras
ici. N'es-tu pas satisfaite d'être allée chez le consul?
Assez flâné comme cela, paresseuse! Au travail!...

— Patron, interrompit Claude qui avait eu, au préa-
lable, un long conciliabule avec Guillaumette, je me

10 — *Pepin.*

charge de travailler pour deux. La besogne sera faite en temps voulu, sans l'aide de ma cousine; vos valets sont assez jeunes et assez délurés pour servir vos nombreux clients. Quant à la sécurité de Guillaumette, il n'y a pas à s'en inquiéter : ma cousine n'ira pas vagabonder dans les rues, je présume, sans avoir quelqu'un pour l'accompagner?

— Oh! non, reprit vivement Guillaumette, je vais demander à Mariette Lozelou de vouloir bien venir avec moi.

— La Lozeloune, dit Mercadier, est une honnête femme en qui j'ai la plus grande confiance. S'il en est ainsi, tu peux aller.

— Merci, père, » dit-elle en l'embrassant de nouveau.

Elle envoya le plus clair de ses sourires à Claude, qui y répondit par un geste d'entente et de triomphe et, sortant prestement, elle se dirigea vers une rue étroite, rendue plus exiguë encore par la disposition des maisons, dont le premier étage formait saillie au-dessus du rez-de-chaussée.

Elle pénétra, par une porte basse, dans une sorte de cellier où aboutissait un escalier de bois dont elle gravit rapidement les marches. Une porte grande ouverte donnait accès dans une pièce assez spacieuse, servant à la fois de cuisine, de salle à manger et de chambre à coucher. Dans l'angle, sous les poutrelles sombres, des rideaux à carreaux protégeaient un lit; la haute cheminée était garnie de landiers massifs, sur lesquels s'éteignaient des bûches de chataignier; vis-à-vis de la fenêtre, un dressoir noirci par le temps étalait ses étains luisants et, sur la table de chêne, le soleil faisait briller la lampe de cuivre couleur d'or pâle.

Une jeune femme, brune et vigoureuse, remettait de l'ordre dans une pièce où un repas copieux avait eu lieu,

Le père et les petits sont partis.

à en juger par la rangée d'écuelles que la maîtresse de céans replaçait sur le dressoir. Elle fredonnait une chanson limousine, que Guillaumette reprit, de sa voix fraîche, en guise de bonjour.

« Te voilà, Guillaumette? Quel bon vent t'amène? C'est grand dommage que tu ne sois pas arrivée un quart d'heure plus tôt; tu aurais suivi le père et les petits, qui sont partis pour voir la porte de Corrèze. On dit qu'elle est si joliment enguirlandée!

« — Je préfère vous trouver seule, Mariette, car j'ai une communication bien importante à vous faire et j'ai besoin de votre aide. »

Mariette, les deux mains sur les hanches, fixa ses yeux intelligents sur ceux de Guillaumette, et attendit.

Celle-ci lui narra tous les incidents de la journée ; avant qu'elle eût terminé, Mariette Lozelou avait essuyé plusieurs fois, d'un revers de main, les larmes qui, malgré elle, s'échappaient de ses paupières.

« Pauvre femme ! Pauvre mère ! dit-elle en jetant un coup d'œil involontaire sur les petits lits qu'on apercevait dans la pièce voisine. Et que comptes-tu faire pour ce jeune seigneur ?

— D'abord, gagner à sa cause toutes les femmes de Brive.

— C'est chose faite, dit Mariette résolument ; je m'en charge ! Il n'y a qu'à prévenir une femme de chaque quartier de la ville, et, avant une heure, pas une mère, pas une jeune fille ne restera insensible à la douleur de la comtesse. Mais il ne suffit pas de susciter la compassion et la pitié, il faut agir... La prison doit être bien gardée. Comment y pénétrer ?... Comment les femmes pourront-elles avoir raison d'un groupe d'hommes bien armés ?

— Je crois avoir un excellent moyen de les désarmer. Vous savez, aussi bien que moi, que le geôlier est un ivrogne incorrigible. Son vilain défaut, pour une fois, servira la bonne cause. Je vais lui faire parvenir des vivres et des vins en abondance, de quoi le régaler et l'enivrer à fond, ainsi que les gardes. Avant la nuit, ils seront à notre merci.

— Bien trouvé, Guillaumette; mais il y a une chose à laquelle nous devrons veiller, car elle est très importante. Dans les deux cas, réussite ou insuccès, nous indisposons le roi contre la ville. Il ne faut pas exposer les hommes à encourir son mécontentement. Qu'ils restent donc étrangers à ce que nous allons faire. Pour rien au monde, je ne voudrais que la vie ou la tranquillité de mon cher homme fût exposée, et toutes les femmes penseront comme moi, en ce qui regarde les leurs.

— Vous avez raison, Mariette, d'autant plus que les représailles du roi seront terribles. Je serais désolée, moi aussi, d'exposer mon bon père et mon cousin Claude, qui m'aide si gentiment dans cette affaire. Il ne faut pas non plus que les consuls puissent être soupçonnés d'avoir toléré cette révolte..., car ce sera une véritable révolte! »

Mariette hocha la tête affirmativement.

« Je passe à la rôtisserie, continua Guillaumette, pour prendre les victuailles et les vins que je remettrai au geôlier, puis je courrai prévenir demoiselle Gilberte pendant que vous vous chargerez de gagner toutes les femmes de Brive à la cause du prisonnier.

— Tâche de questionner habilement le geôlier. Renseigne-toi sur tout ce qui peut contribuer à nous faciliter l'accès de la prison.

— Naturellement! dit Guillaumette. Où vous retrouverai-je?

— Sur la place du Prieuré, avec toutes celles de nos amies qui voudront bien nous prêter main-forte.

— C'est entendu. A quelle heure? »

Mariette réfléchit.

« Il faut que tu aies le temps d'aller à la prison; nous devons attendre, pour agir, que les gardes soient en état d'ivresse... Vers 6 heures.

— C'est bien. »

Guillaumette descendit l'escalier d'un pas léger et regagna la rôtisserie. Avec la finesse d'une souris en quête de festin, elle se glissa dans le cellier.

Elle décrocha et laissa glisser la corde qui retenait un lourd garde-manger, jusqu'à ce qu'il fût à portée de sa main, prit un pâté en croûte, tailla une large tranche dans un jambon, y joignit deux pigeons rôtis, des saucisses, et mit le tout dans un panier dont elle passa l'anse sur son bras gauche. De sa main droite, elle saisit un broc en bois contenant plusieurs pintes de vin et, un peu courbée sous sa lourde charge, mais le cœur joyeux, elle quitta furtivement la rôtisserie et s'achemina vers la prison.

Chemin faisant, elle se souvint, fort à propos, que, quelques jours auparavant, le geôlier Madural, passant rue Barbecane, avait prêté main-forte aux rouliers qui apportaient à l'auberge un chargement de vin.

Cela lui fournit une entrée en matière : en retour de ce service, elle apportait au geôlier de quoi se régaler.

Rassurée et confiante, elle aborda, sans la moindre émotion, un garde qui se trouvait à l'entrée des ruines de la prison et le pria d'appeler Madural.

D'un coup d'œil rapide, elle inspecta la cour : une
porte basse et massive donnait accès dans un bâtiment
dont la façade n'avait point d'autre ouverture; c'était là
sans doute, derrière ces épaisses murailles, que pleurait
le jeune prisonnier.

Mais elle n'eut point le temps de s'abandonner à l'émotion.

« A quoi dois-je l'honneur de vous voir ici, gente
Guillaumette? dit, en grimaçant un sourire, Madural, le
geôlier, qui s'avançait, le visage rubicond, du pas hésitant d'un homme qui vient d'apaiser généreusement sa
soif.

— Je vous apporte quelques provisions pour passer
joyeusement la journée du roi, répondit Guillaumette.
Nous n'avons pas oublié que vous avez peiné pour nous
aider l'autre jour. C'est bien juste, n'est-ce pas? que
vous profitiez un peu des bonnes choses dont notre rôtisserie regorge. »

Et, ce disant, Guillaumette tendait à Madural le broc
pansu rempli de bon vin.

« Où puis-je donc déposer le contenu de mon panier?
continua-t-elle. Si nous entrions chez vous? »

Madural, le visage épanoui, devança Guillaumette, et
la fit pénétrer dans une salle vaste et sombre. Sur la
table rustique qui s'y trouvait, elle déposa son panier.

Pendant que Madural en retirait les provisions, Guillaumette sondait la pièce du regard.

« D'où vient donc que vous n'êtes pas venu, aujour-
d'hui, à la rôtisserie? demanda-t-elle, en tenant les yeux

obstinément fixés sur la porte de chêne, aux serrures rouillées, qu'elle voyait tout au fond de la salle.

— Ah ! vous ne savez pas ? répondit Madural, en branlant la tête d'un air important : c'est que j'ai la garde d'un prisonnier de marque aujourd'hui, et que je ne puis m'absenter.

— Vraiment ? Mais cela peut-il vous empêcher de sortir un instant, pour jouir de la fête ? Votre prisonnier s'évaderait donc, si vous n'étiez pas là ?

— Je l'en défie bien ! ricana Madural. Regardez la porte du cachot, elle est trop solide pour qu'il puisse l'enfoncer ; quant à l'ouvrir, il faudrait qu'il en eût la clef.

— Et, probablement, vous ne la laissez pas à la disposition des oiseaux que vous mettez en cage, dit Guillaumette, du ton le plus gamin qu'elle pût prendre.

— Vraiment non. Je la porte toujours sur moi, dans ma poche.

— Elle doit être bien lourde et bien gênante, car la serrure est grande, » reprit Guillaumette, qui, s'étant approchée de la porte, l'examinait avec le plus grand soin.

« La serrure est à gauche, à la hauteur de mon épaule, entre les deux verrous ; c'est ce qu'il faut retenir, » pensat-elle, et, revenant vers Madural :

« Oh ! montrez-moi cette clef, voulez-vous ? Je n'ai jamais vu de clef de prison.

— Voici, dit le geôlier, qui crut devoir se prêter à un caprice d'enfant. Celle-ci, la grande, ouvre cette première porte, qui donne accès dans un premier cachot, d'où l'on pénètre dans un second. Voici la clef du second, celui dans lequel est enfermé le jeune seigneur confié à ma garde. »

Guillaumette crut prudent de ne manifester aucun intérêt pour le prisonnier.

« Comment est-ce fait, un cachot? Ne pourriez-vous m'en montrer, un le premier, s'il n'y a personne dedans?

— Oh! répliqua Madural hésitant, un cachot n'est pas intéressant à voir. Pourtant, si vous y tenez. »

Il prit les clefs, qu'il fit tinter dans sa main droite et, sous les yeux observateurs de Guillaumette, qui ne perdait aucun détail pouvant lui être utile, il tira les verrous, tourna deux fois la clef dans la serrure pour en faire jouer le pêne, et poussa la porte.

Une bouffée d'air frais et humide arriva jusqu'à Guillaumette, qui frissonna. A la suite du geôlier, elle pénétra dans le premier cachot, cherchant à distinguer, dans l'obscurité, la porte du second.

« Ça n'est pas engageant, comme vous voyez, mais c'est tout ce qu'il faut pour abriter du gibier de potence. Voici le lit, la cruche d'eau, et la chaîne rivée au mur pour les récalcitrants. »

Guillaumette ne regardait ni cruche, ni chaîne; elle était devant la porte du second cachot, et semblait s'amuser à en compter les serrures; ses petits doigts tâtaient les verrous, frôlaient la serrure. Maintenant, suffisamment renseignée, elle n'avait plus qu'à laisser au geôlier le temps de s'enivrer en compagnie des gardes, à revenir ensuite pour s'emparer des clefs, puis à agir promptement.

« Vous avez raison, ça n'est pas gai, la prison! dit-elle.
Sortons vite! Vive le soleil! Vive la liberté! Au revoir,
brave Madural. Buvez à ma santé, avec vos camarades.

— Bien dit, gente rôtisseuse. Remerciez pour moi
votre père, le digne Mercadier. »

« Pas de danger que je fasse ta commission, vieil
ivrogne! » pensa Guillaumette en s'esquivant.

Elle traversa la cour et, passant devant un groupe
d'archers :

« J'espère, leur dit-elle, que Madural, en bon camarade, va vous offrir une rasade en mon honneur. Je viens
de lui apporter du vin de Vialemur, dont mon père ne
sert qu'aux connaisseurs. »

Les archers firent claquer leur langue en signe de
satisfaction, et Guillaumette avait à peine regagné la rue,
que les gardes, abandonnant leur poste, se dirigeaient
vers la salle basse pour réclamer leur part de cette bonne
aubaine.

. . . .

Guillaumette, fiévreuse, hâtait le pas. A l'angle de la
place où s'ouvrait la rue des Cordeliers conduisant à la
demeure du consul, elle fut arrêtée par une foule massée
aux pieds d'une estrade destinée aux ménétriers, et sur
laquelle deux personnages paradaient à ce moment. Dans
l'un d'eux, Guillaumette reconnut Parpaïol et, cédant à la
curiosité, se glissa au premier rang des spectateurs. Un
fou rire la prit. Parpaïol, profondément incliné, présentait, d'un geste respectueux, un nouveau bailli aux habitants de la ville de Brive. Des clameurs joyeuses lui ré-

pondaient. Le nouveau bailli, peu sensible aux honneurs
que le fou réclamait pour lui, agitait ses longues oreilles,
remuait la queue et cherchait, par des ruades, à se débar-
rasser de son gênant costume. Ses oreilles velues, prises
dans un bonnet, ses jambes enserrées dans un haut de

Elle fit pleuvoir, dru comme grêle, sur le dos de Parpaïol,
une volée de coups de bâton.

chausses, une tunique de drap sur le dos, l'âne de Perrine, la charcutière, offrait un aspect grotesque et pro-
voquait les rires par ses formidables : hi!... han!...

« Attends, maraud, voleur, gibier de potence! » s'écria
une femme.

D'un bond, elle monta sur l'estrade, et fit pleuvoir dru
comme grêle, sur le dos de Parpaïol, une volée de coups
de bâton.

« Larron! de quel droit as-tu pris mon âne?

— Votre âne? protesta Parpalol... Mais ce n'est pas un âne, cet animal-là! C'est le nouveau bailli de Brive!

— Le nouveau bailli de Brive? s'exclama la vieille Perrine. En voilà une bonne! »

Et, les deux poings sur les hanches, elle se prit à rire comme les spectateurs.

« La farce a assez duré, dit-elle, quand elle fut calmée, je n'ai perdu que trop de temps à chercher Martin. Enlevez-lui son costume de bailli, que je l'emmène dans son écurie.

— Jamais de la vie! protesta Parpalol, indigné. Le bailli dans une écurie? Jamais!

— Suffit! » dit Perrine.

D'un revers de main elle repoussa Parpalol, saisit l'âne, et se disposait à le faire descendre de l'estrade, quand elle sentit qu'il résistait. Elle se retourna et vit Parpalol, cramponné des deux mains à la queue du bailli, et tirant de toutes ses forces, pour le retenir sur l'estrade.

« As-tu fini, vieux fou! Veux-tu bien lâcher mon âne?

— As-tu fini, vieille folle! Veux-tu bien lâcher le bailli?

— Hardi! Parpalol! criaient les jeunes gens trépignant de gaieté. Ne lâche pas le bailli!

— Hardi, la Perrine! criaient les bourgeois, ne lâche pas Martin!

— Le lâcheras-tu, maraud!

— Le lâcheras-tu, sorcière! »

Et les deux de tirer plus fort, l'un sur la queue, l'autre sur la bride.

« Halte-là! dit un soldat en se plaçant entre les deux

adversaires; âne ou bailli, l'animal sera mis en pièces, si vous continuez. »

Parpaïol jugea prudent de ne pas exciter plus long-temps la colère de Perrine : il lâcha l'âne et, descendant de l'estrade, se trouva nez à nez avec Guillaumette.

« Vous voilà? s'exclama-t-il joyeusement. Vous n'avez donc pas été découverte, dans la salle du Conseil?

Guillaumette, lui imposant silence, l'entraîna hors de la foule.

« Je vous remercie, Parpaïol, de m'avoir délivrée de ma prison; ç'a été si vite fait, que je n'ai pas eu le temps de vous remercier, ni de vous dire pour quel motif j'étais enfermée dans la pièce où vous m'avez trouvée.

— Oui, pourquoi étiez-vous là, comme une fauvette en cage? »

Guillaumette, à voix basse et en quelques mots, mit Parpaïol au courant de sa rencontre avec Olivier et Tauriac, puis, lui souriant gentiment :

« Adieu, messire Parpaïol, merci, et que Dieu vous garde! lui dit-elle.

— Que Dieu vous garde, Guillaumette! » répéta le fou, d'une voix grave et recueillie qu'il ne se connaissait pas.

Il resta un moment immobile, sans perdre de vue la petite coiffe blanche, jusqu'à ce qu'elle eût disparu dans l'hôtel du consul.

Quelques minutes plus tard, Guillaumette exposait à Gilberte et à Micheline le plan qu'elle avait conçu pour la délivrance du jeune comte de Rouergue.

« Veillez à ce que les consuls ne s'éloignent pas du roi,

leur recommanda-t-elle. Il faut qu'ils restent auprès de lui, pour n'avoir pas l'air d'être de la conspiration.

— Chère Guillaumette, dit Gilberte, ce que tu entreprends est plus difficile, que tu ne le penses. Tu risques ta vie, et je ne sais si je dois te permettre de t'exposer ainsi.

— Ne vaudrait-il pas mieux, demanda Micheline, avoir recours à quelques hommes généreux et bons, qui se dévoueraient pour le jeune comte? Il me semble qu'ils s'en tireraient mieux.

— Les femmes feront aussi bien! répliqua vivement Guillaumette; de plus, le roi n'osera pas sévir contre des femmes, tandis qu'il châtierait sévèrement les hommes, et la ville ne sera pas exposée à ses représailles.

— J'admire ta sagacité, reprit Gilberte en souriant, et puisque te voilà résolue à tenter cette délicate entreprise, nous n'avons plus qu'à former des vœux pour la réussite. Va, ma bonne Guillaumette!

— A bientôt! dit Micheline. Reviens dès que tu connaîtras le résultat de ta périlleuse campagne. »

Et, passant ses deux bras autour du cou de la petite rôtisseuse, la fille du consul l'embrassa tendrement. D'un geste caressant, Gilberte attira Guillaumette vers elle et la baisa au front.

. . . .

Guillaumette, gagnée par l'émotion des deux jeunes filles, traversait la cour d'honneur sans regarder autour d'elle; aussi ne vit-elle pas le sourire grimaçant du conseiller du roi, Olivier, lorsqu'elle passa près de lui; mais elle frissonna sous l'étreinte de deux mains osseuses qui, la saisissant par les épaules, la maintinrent immobile. Elle se retourna pour voir qui était son agresseur et fut terrifiée de l'expression de joie haineuse qu'elle lut sur le visage du barbier du roi.

« Je te tiens, mon bel oiseau, ricana-t-il, et cette fois la cage ne s'ouvrira pas à ton gré! Tu m'as joué comme un enfant, jeune sorcière; mais tu apprendras à tes dépens qu'on ne se moque pas impunément d'Olivier le Daim!... Holà! vous, l'homme d'armes, empoignez cette vermine et mettons-la en lieu sûr! »

Le soldat ainsi interpellé poussa rudement devant lui Guillaumette, plus morte que vive, et suivit la direction que lui indiquait Olivier. Mais le barbier royal, arrivé seulement depuis le matin, ne connaissait pas l'hôtel. Ne voulant pas s'informer de la disposition du local près des gens de la maison, afin de ne point éveiller la curiosité de ceux-ci, il se dirigea au hasard vers le cellier où, quelques heures plus tôt, se trouvait le comte de Rouergue.

Un couloir sombre, se terminant par un escalier, y conduisait.

« Il n'y a ni verrous, ni serrures; mais je confie cette fille à ta garde. Tu m'en réponds sur la vie, jusqu'à demain matin! » dit-il.

Le soldat, que la perspective de la soirée et de la nuit passées dans une sorte de cachot ne réjouissait guère, poussa si brutalement Guillaumette, arrivée à la marche supérieure de l'escalier, que la petite, perdant l'équilibre, alla heurter du front les dalles et resta inanimée.

Quand elle reprit ses sens, elle se trouva, pieds et mains liés, étendue sur le pavé, dans un angle de la salle.

A l'autre extrémité, son gardien, assis en face d'un camarade, interrompait une partie de dés pour se verser un verre de vin.

Guillaumette sentit à son front une douleur violente, qu'elle ne s'expliqua pas tout d'abord; mais, faisant un effort de mémoire, elle se souvint du jeune prisonnier, de son désir de le sauver, du complot devenu irréalisable par son imprudence. Elle pensait à Mariette Lozelou qui, faisant appel aux sentiments nobles et dévoués de toutes les femmes de Brive, les avait sûrement gagnées à la cause du jeune comte. Peut-être étaient-elles déjà réunies près du Prieuré, n'attendant plus, sans doute, pour agir, que les renseignements de Guillaumette. Que devenir? Que faire, mon Dieu?... Combien d'heures avaient passé depuis son évanouissement? Elle n'avait plus la notion du temps. Ah! combien demoiselle Gilberte avait raison d'entrevoir des difficultés au plan que Guillaumette, dans sa naïveté de petite fille, avait cru facile à exécuter.

Tout espoir était sans doute perdu!...

Mariette attendait vainement le signal promis, elle ne pourrait profiter de l'ivresse des gardes pour les désarmer, et, une fois la fumée du vin dissipée, il serait trop tard pour agir. Qu'adviendrait-il ensuite?... Quelques heures passeraient; des hommes à face lugubre pénétreraient dans la prison, puis... le corps du jeune comte se balancerait dans le vide,... sa mère pleurerait en se tordant les mains de désespoir.

Guillaumette, blanche comme une morte, ferma le yeux et laissa retomber sur les dalles sa tête meurtrie.

VI

LES COIFFES BLANCHES

Mariette Lozelou, que la communication de Guillaumette avait profondément émue, s'empressa, aussitôt
après le départ de celle-ci, de remettre en ordre la salle
où avait eu lieu le repas de famille.

Sa pensée la ramenait sans cesse vers cette mère en
pleurs dont lui avait parlé sa petite amie. Son amour
maternel lui faisait comprendre la mortelle angoisse qui
devait étreindre le cœur de la comtesse, et elle avait hâte,
si c'était possible, de faire cesser cette douleur.

Ayant terminé sa tâche, après avoir jeté un coup d'œil
autour d'elle pour s'assurer que chaque chose était à sa
place, elle posa son tablier de travail, en prit un autre,
irréprochable de propreté, lissa les bandeaux noirs qui
encadraient son visage, et sortit fermant sa porte à clef.

« Si j'allais d'abord chez Marie Dufour? pensa-t-elle;
elle a trois filles intelligentes et bonnes qui ne resteront
pas insensibles à ce malheur. »

Elle se rendit donc dans la rue Puy-Blanc.

La boutique de Marie Dufour était des mieux achalan-

11 — Peplde.

dées; les clients s'y pourvoyaient, à leur gré, de pote-
ries et des ustensiles de cuisine aussi bien que de comes-
tibles et d'étoffes, et la bonne humeur de la marchande,
la bonne mine de ses filles ne contribuaient pas peu à
attirer une nombreuse clientèle.

Mariette fut accueillie par le sourire amical et le salut
familier des jeunes filles. La mère, tout en continuant à
verser, dans le vase que lui tendait une cliente, trois
onces d'huile d'amandes, s'informa de ce qu'elle désirait.

Mariette, jugeant à première vue que l'acheteuse serait
une bonne recrue, se hâta de donner la raison de sa
visite. Entrant dans les détails de la cause qui l'intéres-
sait, elle parla avec une chaleur si persuasive, qu'elle
eut vite excité l'enthousiasme et suscité le dévouement de
son auditoire.

« Vous croyez donc possible le salut de ce jeune seigneur? demanda l'aînée des jeunes filles.

— Certainement! reprit Mariette. Tout prisonnier évadé
de la prison de Saint-Libéral étant sous la protection du
saint, nul ne peut plus dès lors attenter à sa liberté sans
encourir la punition de notre saint patron. Le roi n'aura
garde de s'y exposer. Il ne s'agit donc que d'enlever le
comte de son cachot, par cela seul il sera sauvé!

— Quelle joie si l'on y parvient!... s'écria la plus jeune
des filles, dont les yeux bruns brillaient de vivacité. Agissons vivement et tâchons de réussir. Que devons-nous
faire?

— Simplement aller de maison en maison, chez nos
amies, recruter des femmes d'énergie et leur donner

rendez-vous pour 6 heures, devant le Prieuré, où Guillaumette nous rejoindra quand l'heure d'agir sera venue. Elle a dû aller à la prison pour se renseigner habilement, et aura laissé aux geôliers et aux gardes une provision de vin qui leur procurera une profonde ivresse. C'est à ce moment que nous agirons.

— Bien combiné! dit la marchande; mais recommandez aux conjurées la plus entière discrétion. Sans cela, avant que vous ayez pu rien faire, le roi en sera averti, et non seulement le prisonnier sera perdu, mais encore la ville payera cher cette tentative d'évasion!

— Oh! mère, pensez-vous qu'on livrerait notre secret?

— Ma chère enfant, les femmes sont bavardes, et l'on peut craindre que sur trois cents Brivistes que vous réunirez, deux cent quatre-vingt-dix-neuf n'aient confié votre secret à leur mari ou à leurs frères avant qu'il ne se soit écoulé une heure de temps.

— Elles ne le feront pas! dit Mariette d'un ton ferme. Le salut de la ville dépend de leur discrétion; nous leur dirons que les hommes doivent absolument ignorer notre complot, si nous ne voulons pas que le roi les en rende responsables.

— Dans ce cas, elles se tairont peut-être! dit la marchande.

— Allons, mes petites, ne perdons pas de temps, puisque votre mère vous permet d'être des nôtres. N'est-ce pas, ma bonne Marie?

— Sûrement! accorda celle-ci. J'ai toujours eu l'humeur un peu batailleuse, comme me le reprochait quelquefois mon défunt mari, et je ne suis pas fâchée que mes filles me ressemblent sur ce point. Allez, parcourez la ville. Quoique restant ici, je ne perdrai pas mon temps : je gagnerai à la cause du jeune seigneur toutes les clientes qui viendront, dussé-je vendre à perte mon miel superfin et faire l'aune plus longue d'un pouce, pour ma plus belle pièce de drap. »

Les trois jeunes filles, la cliente et Mariette se séparèrent donc à la porte de la boutique, pour se disperser dans les différents quartiers de la ville.

Elles furent certainement éloquentes, car, sur le coup de 6 heures environ, six cents coiffes blanches, débouchant des rues avoisinantes, envahirent la place du Prieuré.

La première heure s'écoula dans une patience relative. On savait que l'apparition de Guillaumette serait le signal de l'action, la fille du rôtisseur devant guetter, pour avertir ses compagnes, le moment où le geôlier et les gardes seraient incapables de se défendre.

Les langues marchaient leur train, quand des exclamations joyeuses s'élevèrent d'un groupe de jeunes filles massées à l'entrée de la rue Puy-Blanc.

« Parpaïol ! voici Parpaïol ! »

Parpaïol arrivait, en effet, agitant sa marotte.

Il s'arrêta net devant le groupe qui l'avait aperçu, et fut aussitôt entouré de jeunes femmes rieuses qui l'interpellèrent gaiement :

« Sont-elles effrontées, ces Gaillardes ! Rien ne les intimide, pas même ma Majesté ! Vous ignorez peut-être que je suis roi? Vous, là-bas, jeune fille aux yeux brillants qui me montrez des dents de perle, voulez-vous être reine? Je vous épouserai et, foi de Parpaïol, le vicomte Agne de Turenne vous dotera richement. »

Une fusée de rires éclata, et la jeune fille ainsi interpellée riposta :

« Grand merci, sire Parpaïol, je laisse à votre marotte l'honneur de partager votre royauté. Vous faites, à vous deux, un couple bien assorti.

— Parfaitement! répliqua Parpaïol vexé. Ma marotte, à elle seule, vaut toutes les Gaillardes réunies. Elle a ce mérite incontestable de ne parler jamais; elle n'a donc pas, comme vous, une méchante langue!

— Répète un peu, vieux fou! dit une jeune femme dont les bandeaux roux s'échappaient de sa coiffe.

— Oui, je le répète, méchante langue! Tu vois, je t'obéis, blonde Briviste qui as su garder dans ta chevelure les reflets fauves de celle de tes ancêtres. »

Parpaïol s'inclina respectueusement devant la jeune femme qui, rieuse, répondit à son salut par une profonde révérence.

Mais, pendant que ce groupe joyeux oubliait les ennuis de l'attente, la majeure partie des conjurées perdait patience.

Sept heures avaient sonné, et Guillaumette n'arrivait pas! Mariette Lozelou, le front plissé, les lèvres muettes, était en proie à la plus grande inquiétude. Elle avait d'abord calmé de son mieux sa troupe, bouillante d'ardeur : il fallait bien laisser aux hommes de garde le

temps d'absorber les boissons capiteuses que Guillaumette avait dû leur prodiguer; une trop grande hâte
pourrait nuire à l'heureux résultat de l'entreprise.

D'autre part, la présence, sur cette place fréquentée,
de ces nombreuses femmes allait certainement exciter la
curiosité publique, déjà mise en éveil.

Mariette, nerveuse, allait d'un groupe à l'autre, cal-
mant l'excitation qu'elle-même éprouvait, et sentant la
crainte l'envahir.

Que faire?... A qui s'adresser?

Le nom de Guillaumette, chuchoté de bouche en
bouche, arriva jusqu'à Parpaïol qui, vivement, dressa
l'oreille :

« Qui parle ici de Guillaumette, la toute charmante
dame de mes pensées? demanda-t-il à haute voix; Guillaumette pour qui je donnerais mon sang et ma vie, si
cela était nécessaire,... celle que j'ai eu l'honneur d'accompagner chez le consul? »

Comme toutes les paroles de Parpaïol, cette déclara-
tion suscita la gaieté des coiffes blanches; mais Mariette,
qui l'avait entendue, vit dans l'intervention inattendue de
Parpaïol un moyen de salut. Elle attira le fou à l'écart et
s'informa de l'heure à laquelle il avait accompagné Guillaumette chez le consul.

C'était sûrement après avoir porté des vivres à Madural, le geôlier, qu'elle avait dû aller prévenir demoiselle
Gilberte. Mariette, en calculant le temps nécessaire aux
deux courses, devenait de plus en plus perplexe.

Guillaumette devrait être au rendez-vous depuis longtemps. Lui serait-il arrivé malheur? Elle retint Parpaïol qui allait s'éloigner, lui demandant s'il avait vu Guillaumette sortir de chez le consul.

« Non, dit Parpaïol. J'ai cependant guetté sa sortie pendant longtemps.

— Pourquoi attendiez-vous Guillaumette?

— J'étais inquiet.

— Inquiet? Pourquoi? Inquiet au sujet de Guillaumette? Vite, vite, renseignez-moi, je vous en prie. Je brûle d'impatience de savoir ce qu'est devenue ma petite amie.

— Hum! hum! vous m'avez tout l'air, dit Parpaïol d'un air mystérieux, de comploter quelque révolte, vous, les femmes de Brive.

— Vite! vite! insista Mariette, dites-moi ce que vous craignez pour Guillaumette.

— Ce que je crains, ce que je crains? Rien et tout! Si elle a pu arriver jusqu'à la fille du consul sans rencontrer son ennemi, il n'y a rien à craindre; mais si messire Olivier l'a happée au passage...

— Que dites-vous?» s'écria Mariette dont la voix s'éleva, tremblante d'émotion.

En un instant des femmes curieuses et inquiètes les entourèrent, questionnant à leur tour Parpaïol.

« Mon ami, dit gravement Mariette en posant sa main sur l'épaule du fou, allez jusque chez le consul Raynal, je vous en prie. Informez-vous de ce qu'est devenue Guillaumette et venez nous rassurer, si c'est possible! »

Parpaïol fit un signe d'assentiment et, agitant sa

marotte pour se frayer un passage à travers la masse des conspiratrices, il s'éloigna.

A grandes enjambées, il atteignit l'hôtel consulaire, y pénétra et se dirigea vers l'appartement occupé par Gilberte.

Marthe, la femme de charge, ne fut pas peu surprise d'entendre Parpaïol réclamer une audience de noble demoiselle Gilberte.

Hochant la tête et souriant, elle précéda Parpaïol jusque dans la salle gothique, où les trois jeunes filles feuilletaient un beau livre d'heures, don du prieur de Saint-Martin.

Des exclamations de surprise accueillirent l'entrée de Parpaïol, dont le visage gardait une expression soucieuse et inquiète. Gilberte en fut frappée.

« Que vous arrive-t-il donc, Parpaïol? Vous paraissez inquiet? »

Parpaïol montra du doigt Micheline, Jeanne et Marthe, puis posa son index sur ses lèvres, pour bien indiquer qu'il ne devait pas parler en leur présence. Gilberte la rassura.

« Parlez sans crainte, dévoilez tel secret qu'il vous plaira. Les filles du consul et celle qui leur enseigne à modérer leurs langues savent garder bouche close, quand il le faut. »

Parpaïol rappela brièvement l'aventure arrivée à Guillaumette quelques heures plus tôt. Il leur parla des conjurées réunies en foule et attendant impatiemment Guillaumette, au sujet de qui l'on était fort inquiet.

Il ajouta que, ne l'ayant pas vue sortir de l'hôtel, il se demandait si elle ne serait pas retombée aux mains d'Olivier.

Les jeunes filles et Marthe échangèrent des regards anxieux.

« Il faut nous en assurer bien vite, dit Gilberte, mais agissons prudemment. Jeanne et Micheline, rendez-vous dans la chambre verte et, de la fenêtre, surveillez les allées et venues dans la cour d'honneur. Marthe, et vous Parpaïol, vous allez, ainsi que moi, vous mettre à la recherche de Guil-

Marthe ne fut pas peu surprise.

laumette. Parpaïol, puisque ton titre te donne accès auprès des seigneurs et du roi lui-même, dirige tes investigations dans les appartements qu'ils occupent.

« Marthe, voyez les cuisines, les celliers et les écuries, où je n'oserais pénétrer; je me charge d'inspecter toutes les autres pièces. Il est entendu que nous nous retrouverons ici, dans un quart d'heure, pour nous faire part de nos découvertes, s'il y a lieu. »

Jeanne et Micheline, juchées sur un coffre sculpté pour atteindre la fenêtre d'où leurs regards plongeaient dans la cour d'honneur, virent Marthe se diriger vers les cuisines et en ressortir quelques minutes après, suivant du regard un homme d'armes chargé d'un broc de vin. Il tourna à gauche et disparut par la porte d'un cellier; Marthe s'arrêta hésitante, puis fit quelques pas dans la même direction et s'arrêta de nouveau.

Après quelques secondes, glissant plus qu'elle ne marchait, serrant dans sa main son trousseau de clefs pour en éviter le cliquetis révélateur, elle arriva jusqu'au cellier.

Dans la demi-obscurité qui y régnait, elle devina, plutôt qu'elle ne le vit, le buveur qui, élevant son verre avant de le porter à ses lèvres, dit :

« A ta santé, maraude! »

Un sanglot étouffé lui répondit. Marthe, le cœur battant, avança prudemment pour chercher à distinguer d'où provenaient les sanglots qu'elle avait entendus.

Elle ne vit qu'une masse et un point clair : c'était la coiffe blanche de Guillaumette.

Cela lui suffit... Ce devait être celle qu'elle cherchait.

Son premier mouvement fut d'entrer et d'aller droit à ce corps gisant pour s'assurer que c'était bien la fille du rôtisseur.

Mais un instinct de prudence la retint.

Si c'était par ordre de messire Olivier que Guillaumette était là, son gardien ne permettrait pas qu'on l'emmenât; il donnerait l'alarme, et toute chance de la délivrer serait perdue. Avec précaution, sans bruit, elle revint sur ses pas et croisa, dans la cour d'honneur, Parpaïol qui allait continuer son inspection dans l'aile droite de l'hôtel.

Elle lui fit un signe léger qu'il comprit; il s'approcha d'elle et, après un court colloque :

« Comptez sur moi, dit-il, j'ai une bonne idée; attendez-moi dans la grande salle avec les jeunes demoiselles, j'y mènerai Guillaumette. »

Marthe plongea son regard anxieux dans les yeux du fou. Pouvait-elle s'en remettre entièrement à lui? Mais était-il vraiment fou, ce Parpaïol dont les plaisanteries avaient toujours un tour spirituel, dont la façon d'agir était parfois si pleine de sagacité?... Il semblait tout dévoué à Guillaumette...

« J'ai une idée, — une bonne, — soyez tranquille! » répéta-t-il.

Et, faisant sonner ses grelots, il se dirigea vers les appartements des seigneurs.

« Je vais te jouer un tour de ma façon, messire Olilier le Diable, et je vais m'arranger de telle sorte que tu ne pourras t'en prendre qu'à ceux de la maison, vieux raseur de menton royal! »

Parpaïol s'arrêta devant une porte contre laquelle il colla d'abord son oreille, puis il l'ouvrit et s'introduisit à pas de loup dans une pièce précédant la chambre destinée à Olivier. Il s'assura qu'elle était déserte et n'hésita pas à y pénétrer. Se saisir du manteau d'Olivier et de sa ceinture à boucle d'argent, fut pour Parpaïol l'affaire d'une seconde.

Il s'enfuit rapidement sans bruit, et arriva au cellier que Marthe lui avait indiqué.

Retenant son souffle, il descendit les marches qui y accédaient et resta immobile. Il vit à deux pas de lui, tournant le dos, le soldat assis sur un vieux banc de bois et occupé à fourbir une pièce de son armure, puis, dans l'angle de la pièce, Guillaumette étendue sans mouvement.

Il s'avança sans heurt, avec la souplesse d'un chat guettant une souris; il déploya le manteau d'Olivier, puis brusquement, faisant un pas en avant, il l'abattit sur la tête du gardien, le lui serra solidement autour du cou au moyen de la ceinture, et avant que sa victime, suffoquée, eût pu se redresser, il saisit Guillaumette qui ne poussa pas un cri.

Par une chance inespérée la cour d'honneur était vide, car c'était l'heure du souper. Parpaïol la traversa en courant, chargé de son précieux fardeau et, sans reprendre haleine, il arriva chez Gilberte. Il ouvrit brusquement la porte, et haletant, sans pouvoir prononcer un mot, il déposa Guillaumette sur le banc gothique, où elle fut entourée par ses amies.

« Guillaumette! chère Guillaumette! s'écrièrent les jeunes filles, tu es sauvée! Où étais-tu?

— Oh! elle est ligotée!

— Elle est peut-être grièvement blessée, dit Gilberte en soulevant la tête de Guillaumette dont le front pâle était barré d'un trait sanglant. Parle-nous, Guillaumette. »

Guillaumette ne pouvait parler; elle sourit à ses amies.

« Déliez-la, dit Marthe, je cours chercher un breuvage réconfortant. Cette enfant meurt de frayeur et d'inanition. »

Peu à peu Guillaumette reprenait ses idées, éprouvant le sentiment exquis d'être délivrée d'un horrible cauchemar.

Marthe revint et porta aux lèvres de la blessée une écuelle d'argent. L'enfant en but le contenu à longs traits; une teinte rosée colora ses joues pâles, et elle éclata en sanglots.

« Guillaumette! chère Guillaumette! s'écria Jeanne, pourquoi pleures-tu?

— Ce n'est rien, c'est la réaction qui s'opère, dit gravement Gilberte; laissons-la pleurer un instant. Comment l'avez-vous délivrée, Parpaiol?

— En muselant son chien de garde, qui à cette heure doit aboyer ferme. S'il sait jamais que le coup vient de moi, gare à mes mollets!

— S'il donne l'éveil, qu'adviendra-t-il? demanda Micheline avec anxiété.

— On la cherchera partout, sans doute, dit Parpaiol. Il n'y a qu'à bien la cacher.

— Oh! que je suis heureuse d'être délivrée! dit Guillaumette d'une voix faible, en essayant de se remettre sur pieds. C'est à vous, bon Parpaiol, que je dois d'être ici. Vous m'avez sauvée deux fois, je vous en remercie de toute mon âme.

— C'est bon! c'est bon! je n'ai fait que mon devoir de

preux chevalier. Ne vous avais-je pas juré de vous servir
à la vie, à la mort? Maintenant, je cours vite rassurer
Mariette Lozelou et ses compagnes qui étaient fort en
peine de vous.

— Oh! mon Dieu! s'écria Guillaumette d'un ton déchi-
rant, comme si, subitement, un souvenir douloureux
s'éveillait dans sa pensée. Le prisonnier! Le prisonnier!...
Mariette! Mes compagnes! Dites, quelle heure est-il? que
s'est-il passé, mon Dieu, depuis que je suis là?... Elles
m'attendent. Il faut que j'aille les prévenir! Oh! s'il est
trop tard, que ferons-nous? Il faut le délivrer! »

Guillaumette se dirigeait vers la porte, quand Gilberte
la retint doucement :

« Tu es trop faible pour pouvoir agir dans ce moment;
que Dieu protège le prisonnier pour lequel tu as donné
ton dévouement et ton énergie! Tu ne peux rien pour
lui, maintenant.

— Il est donc trop tard? dit Guillaumette en se tordant
les mains de désespoir. Oh! bonne demoiselle! laissez-
moi partir;... il en est temps encore,... j'en suis sûre!

— Puisque Guillaumette se sent la force de marcher,
dit Parpaïol, laissez-la partir; je me charge de veiller sur
elle.

— Jusqu'à ce que j'aie rejoint mes compagnes? J'accepte. Merci! » dit Guillaumette qui semblait renaître à
la vie en même temps qu'à l'espoir.

A ce moment, Marthe, qui s'était absentée durant
quelques minutes, revint portant une soupe au parfum
délicieux.

« Guillaumette, ma fille, il faut manger, sans cela tu
ne tiendrais pas debout. Une fois réconfortée, tu sortiras
prudemment, vêtue du manteau et du béguin de demoiselle Micheline pour que tu ne sois pas reconnue. Quant
à ton gardien, que j'ai trouvé jurant comme un damné
et contant sa mésaventure à ses compagnons, je lui ai
donné un trop bon conseil pour qu'il ne le suive pas.

« Faites le mort, lui ai-je dit, jusqu'après le départ du
roi. Réfugiez-vous dans le grenier à foin où je vous ferai
porter votre repas; une fois Olivier parti, vous n'aurez de
compte à rendre à personne, par conséquent rien à
craindre. »

Guillaumette se hâta de manger, ne voulant pas perdre
un instant. Micheline la revêtit elle-même de son manteau, et la coiffa de son élégant béguin. Accompagnée
par Marthe, elle franchit le seuil de l'hôtel sous les yeux
des gardes, qui saluèrent en elle la fille du consul; arrivée à l'angle de la rue, où Parpalol l'eut bientôt rejointe,
elle remit à Marthe le béguin et le manteau, reprit sa
coiffe et se hâta de rejoindre ses compagnes sur la place
du Prieuré.

VII

QUENOUILLES CONTRE SABRES

Marthe, de retour à l'hôtel consulaire, fit remarquer à Gilberte que l'heure du souper s'avançait et qu'elle devait remplir, auprès de la comtesse de Rouergue, ses devoirs d'hôtesse. La salle d'honneur et les plus beaux appartements étant occupés par le roi et les seigneurs, le couvert fut dressé par Marthe dans une petite salle simplement meublée, dont l'unique fenêtre s'ouvrait sur la rue des Cordeliers.

Gilberte, encore émue de l'aventure et du départ de Guillaumette, préoccupée de ce qui pouvait survenir, dut faire un effort pour donner à son visage l'expression de sérénité qui le caractérisait habituellement.

« Pauvre mère! pensait-elle, elle ne se doute pas que c'est à cet instant même que se joue la destinée de son fils! La vie du jeune comte dépend de l'énergie d'une fille du peuple,... de moins encore, du choix de la minute précise. Que Guillaumette arrive trop tôt ou trop tard à la prison, et le complot est déjoué.

« Saint Libéral, sauvez-le ! » murmura-t-elle en joignant les mains dans un geste de supplication.

Elle frappa chez la comtesse, qu'elle trouva agenouillée, la tête dans ses mains. Aimeline de Rouergue tourna vers la jeune fille son visage pâle, et sourit tristement. Gilberte s'avança respectueusement.

« Voulez-vous, madame, nous faire l'honneur de partager notre repas? ma sœur et ma jeune amie prennent part, comme moi, à vos inquiétudes; nous avons les mêmes désirs, les mêmes espérances. Au milieu de nous, vous n'aurez donc aucune contrainte à vous imposer, vous vous sentirez entourée de respect et de sympathie. »

Et, comme la comtesse semblait hésiter :

« Mon père préside, ce soir, un banquet offert aux principaux bourgeois de la ville. Nous serons seules avec vous.

— J'accepte, chère enfant; votre espérance me fait du bien. Près de vous, je me reprends à espérer. »

Gilberte introduisit Aimeline dans la pièce où Micheline et Jeanne attendaient en silence l'arrivée de la comtesse. Elles savaient qu'elles ne devaient point parler du complot tramé pour la délivrance du prisonnier, afin de ne pas exposer sa mère, en cas d'insuccès, à une cruelle déception, et elles surveillaient leurs moindres paroles.

« Vous voudrez bien excuser la simplicité du service, reprit Gilberte; Marthe s'en chargera, afin que votre présence ici ne soit pas divulguée par nos domestiques.

— Vous pensez à tout, Gilberte, » dit Aimeline, en jetant sur la jeune fille un regard affectueux.

12 — Pephin.

En dépit de ses efforts, la comtesse ne put faire honneur au repas.

« Je me sens renaître à l'espoir près de vous, chères enfants, disait-elle ; sûrement, il me semble que la cause de mon Bertrand, prise à cœur par les consuls, ne peut être perdue. »

A ce moment un bruit inusité, fait de cris, d'appels, de cliquetis d'armes, se fit entendre dans la rue. Micheline et Jeanne, oubliant les règles de l'étiquette, se levèrent vivement de table et coururent à la fenêtre.

« Qu'arrive-il ? demanda Gilberte, devenue soudain très pâle. Marthe, je vous en prie, descendez, informez-vous de ce qui se passe et revenez au plus vite pour nous renseigner. »

Marthe disparut avec toute la prestesse que lui permettait son âge.

« Qu'y a-t-il ? demanda la comtesse anxieuse. Enfants, que voyez-vous ?

— Des hommes d'armes qui vont et viennent jusqu'aux deux extrémités de la rue, où des groupes de femmes rient et chantent à tue-tête des bourrées limousines ; elles leur barrent le passage en les menaçant de leurs quenouilles.

— Ils ne peuvent pas passer, dit Jeanne en riant. Les femmes sont nombreuses et se tiennent par la main.

— Voici de nouveaux archers qui se dirigent vers elles... Cette fois, elles ne pourront pas lutter, ils sont trop bien armés.

— Ils ne peuvent pourtant pas se servir de leurs armes contre les femmes ! dit Gilberte, frissonnant aux conséquences que pourrait avoir cette émeute.

— Ce sont donc les femmes qui troublent la paix publique? demanda Aimeline.

— Oui, madame, reprit vivement Micheline, et, dans ce cas, elles ont bien raison... Elles sont hardies, les femmes de Brive. Oh! comme elles rient. Cette fois, elles laissent passer les archers et les suivent en chantant. »

Marthe rentrait à ce moment.

« On ne sait pas encore exactement ce qui s'est passé en ville, dit-elle. Tout semblait très calme, quand un garde de la prison est arrivé, demandant du secours. Il était tellement

Ils ne peuvent pas se servir de leurs armes.

ivre qu'il n'a pu donner aucune explication lucide. Il a raconté que les femmes ont ligoté ses camarades et dansé de folles bourrées autour d'eux. Les consuls, prévenus, ont donné l'ordre à une compagnie d'archers de se rendre à la prison, tout en leur recommandant d'éviter l'effusion du sang. Il suffit d'un rien, dans une émeute, pour qu'il y ait des victimes.

— Oh! mon Dieu!... Que sera-t-il advenu de Guillaumette? s'exclama Gilberte en joignant les mains dans un geste de détresse.

— Rassure-toi, Gilberte, dit Jeanne qui prit la main de sa sœur aînée, tu dis toujours qu'il ne faut jamais s'inquiéter de Guillaumette, qu'elle se tire toujours d'affaire.

— Oui, grâce à Dieu! s'écria joyeusement Guillaumette, qui entrait au moment où Jeanne cessait de parler. Cette fois encore, je me suis bien tirée d'affaire, comme vous le dites, mais ça n'a pas été sans peine ni peur. »

En un instant, elle fut entourée, embrassée, entraînée vers un grand fauteuil par ses amies qui, pleurant et riant, la questionnaient toutes à la fois.

« As-tu réussi? Est-il sauvé? demandaient-elles à voix basse.

— Oui! oui! répondit doucement Guillaumette, les yeux brillants d'émotion.

— Parle! parle vite! supplia Jeanne.

— Oh! je t'en prie! dit Gilberte, ménage la comtesse; prépare-la doucement à cette immense joie.

— Que vous est-il donc arrivé, mon enfant? demanda la comtesse.

— Ce qui m'est arrivé? ce qui m'est arrivé? » dit Guillaumette en hésitant.

Elle se leva du siège où la retenaient ses amies:

« Madame, continua-t-elle, j'ai mis ma confiance en saint Libéral, notre puissant patron, et il m'a exaucée. »

Joignant alors les mains, et levant ses yeux brillants de foi vers le visage pâle de la comtesse, elle dit lentement:

« Je lui ai demandé de prendre pitié d'une mère, de protéger le prisonnier, et... et il l'a délivré !

— Délivré ! le prisonnier ! s'écria la comtesse pressant son cœur à deux mains pour en comprimer les battements. Tu dis : le prisonnier ? Mon fils ? Car c'est bien de mon fils que tu parles, n'est-ce pas ? Il est délivré ! libre ! mon Bertrand ! Oh ! mon enfant, sois bénie ! »

Et, se tournant vers Gilberte :

« Les consuls ont donc obtenu la grâce de mon fils ?

— Il n'a pas plu à Dieu de vous le rendre par eux, madame. Il s'est servi d'une humble enfant du peuple pour déjouer les complots des grands. C'est à Guillaumette que vous devez le salut de votre fils. C'est elle qui, entraînant les femmes de Brive dans son élan généreux, l'a arraché de sa prison. »

La comtesse, trop émue pour exprimer son bonheur et sa reconnaissance, attira vers elle Guillaumette et la retint longuement dans ses bras.

Les jeunes filles et Marthe souriaient, tout émues.

« Où est-il, mon Bertrand ?... demanda la comtesse en mettant un baiser sur le front blessé de Guillaumette. Mène-moi vers lui.

— Attendez un instant, madame, dit Gilberte, calmez-vous. Vous ne résisteriez pas à tant d'émotions. »

Elle la conduisit vers un siège et la força doucement à s'asseoir.

« Oui, calmez-vous, insista Guillaumette. Il est, du reste, bien inutile que vous vous dérangiez, ajouta-t-elle en souriant d'un air mystérieux. Je peux l'amener ici même, si demoiselle Gilberte le permet. »

Gilberte fit un signe d'assentiment.

« Il est tout près, il est là, attendant l'heureux instant d'embrasser sa mère, » et Guillaumette sortit.

Quelques secondes s'étaient à peine écoulées que Bertrand de Rouergue, brisé par l'émotion, tombait défaillant dans les bras de sa mère.

Les filles du consul, Marthe et Guillaumette, contemplaient en silence le groupe attendrissant formé par la mère et le fils.

Après ces journées d'angoisse mortelle, hantés par la menace d'une séparation irrémédiable, ils goûtaient avec ivresse la joie de se trouver réunis.

La comtesse s'arracha la première à ces embrassements.

« Dans ma joie égoïste, j'oublie de vous remercier, chères enfants. Soyez bénies de m'avoir rendu mon fils !...

— Oui, soyez bénies, dit le jeune comte en baisant respectueusement la main de Gilberte, de Jeanne et de Micheline. Que puis-je faire pour toi, bonne Guillaumette? »

Il s'arrêta, ému, devant la gentille enfant qui semblait ne plus ressentir ni fatigue, ni émotion.

« Oh! dit-elle vivement, vous pouvez me rendre un fier service : empêcher mon père de me donner les étrivières demain, quand il s'apercevra de mon larcin. Je ne les ai pas volées; mais ce sera tout de même un mauvais moment à passer.

— Rassure-toi, Guillaumette, dit la comtesse, dont le noble visage rayonnait de bonheur, j'irai parler moi-même à ton père et, dès à présent, je te prends sous ma protection.

— Est-ce indiscret de te demander pour quel motif tu as mérité de recevoir les étrivières? demanda Bertrand.

— Tout simplement par dévouement à votre cause, messire! s'empressa de répondre Micheline. Guillaumette, pour enivrer vos gardes et les mettre hors d'état de se défendre, a dévalisé le cellier et le garde-manger de son père le rôtisseur.

— Le contenu de mon escarcelle réparera largement ce dommage, reprit Bertrand; mais ce que je ne pourrai jamais assez récompenser, c'est ton dévouement, Guillaumette. Comment es-tu parvenue à me délivrer?

— C'est bien simple. La prison dans laquelle vous étiez enfermé jouit d'un privilège que nul n'ignore dans notre ville, et dont le roi a été certainement lui-même informé. »

Et Guillaumette, après avoir donné au jeune comte l'explication nécessaire, ajouta :

« Il n'y avait donc qu'à vous faire sortir de la prison. Environ six cents femmes étaient groupées près de la place du Prieuré quand j'y suis arrivée, escortée de Parpaïol. J'ai congédié d'office mon chevalier servant, — ainsi qu'il s'intitule, — et, après avoir fait acte de présence auprès de mes compagnes, je suis allée jusqu'à la prison pour juger de l'état des gens. Le moment était propice : les archers, l'œil vague, la langue pâteuse, flageolaient sur leurs jambes; le geolier, ivre-mort, était étendu sans mouvement sur le banc de pierre dans la cour.

« Je remonte vivement vers le Prieuré et, au cri de :

« Saint Libéral, protégez-nous! » les coiffes blanches, d'un seul élan, se dirigent vers la prison, comme une volée d'hirondelles. Les archers sont désarmés, entourés par un cercle de femmes qui leur rient au nez.

« Mariette Lozelou maintient sans peine, de ses poings vigoureux, le geôlier Madural, pendant que je m'empare de ses clefs et que j'ouvre la porte de la prison.

— Et, dit Bertrand, le prisonnier entend une voix douce lui murmurer ces mots :

« — Venez, vous êtes libre! »

— Vous avez pu sortir ainsi, sans être reconnu? demanda Micheline.

— Guillaumette avait tout prévu. Elle jeta une cape sur mes épaules, me coiffa d'un bonnet et me voilà mêlé à la foule sans attirer l'attention. Nous traversâmes la place et, avec une audace inouïe, Guillaumette me conduisit ici même et m'enferma, à son tour, dans une chambre d'où je viens de sortir pour tomber dans vos bras, ma mère chérie! »

La comtesse pressa de nouveau son fils sur son cœur, mais son visage exprima soudain une vive inquiétude.

« La délivrance de mon fils ne va-t-elle pas attirer sur lui, sur les consuls, sur la ville entière, la colère du roi?

— Rassurez-vous, madame, dit Micheline : je vais donner à votre fils le moyen d'apaiser la colère royale, si terrible soit-elle. Voici une médaille à l'effigie de saint Libéral : Sa Majesté est très désireuse de la posséder. Que le comte Bertrand lui en fasse hommage en lui jurant fidélité.

— Merci, merci, mon enfant,... me voilà rassurée pour mon fils. Mais vous, mais la ville entière?

— Nous sommes, nous aussi, les protégés du saint, il nous gardera de tout mal!

— Votre fils a grand besoin de repos, dit Gilberte, et nous allons vous laisser seule avec lui. Marthe lui servira son repas et lui préparera un appartement près du vôtre. Nous allons, mon amie et moi, nous occuper de Guillaumette. »

Les jeunes filles saluèrent la comtesse et se retirèrent dans la grande salle gothique où elles se tenaient d'ordinaire.

Gilberte était préoccupée, soucieuse.

Les consuls n'allaient-ils pas être accusés de complicité par le roi? Ne seraient-ils pas les victimes de sa vengeance?...

Après avoir souhaité ardemment la délivrance du jeune comte, elle tremblait maintenant pour son père bien-aimé, pour Michel Polverel, l'aïeul de sa douce amie; elle tremblait pour tous, sachant le roi vindicatif et terrible en ses représailles.

« Tu dois être brisée par l'émotion et la fatigue, dit Gilberte à Guillaumette; j'ai hâte de te savoir en sûreté et tranquille chez ton père. Mais y seras-tu vraiment tranquille, dans la cohue et le bruit causé par les buveurs? Mieux vaut prévenir Mercadier que tu es sous ma garde et qu'il n'a point à s'inquiéter de ton absence. »

Gilberte se leva aussitôt pour donner cet ordre, sans l'assentiment de Guillaumette, qui dut recommencer, pour Jeanne et Micheline, le récit de ses aventures.

Elle tenait en haleine ses deux auditrices, quand Jean Raynal et Michel Polverel entrèrent dans la salle.

Les enfants se précipitèrent l'une vers son père, l'autre vers son aïeul, chacune parlant avec feu du grand événement qui occupait toutes leurs pensées.

Les consuls avaient appris la délivrance du prisonnier par les archers qui, de retour de la prison, avaient annoncé l'évasion du jeune comte de Rouergue, grâce à la complicité des femmes du peuple liguées contre l'ordre du roi; mais ils ne connaissaient pas les détails de la conspiration, et furent extrêmement surpris en apprenant que Guillaumette en était l'instigatrice.

Gilberte rentrait au moment où la fille du rôtisseur répondait aux questions du consul, et, à la vue de son père pour qui son cœur aimant était plein d'inquiétude, Gilberte ne put maîtriser son émotion; elle se jeta à son cou en pleurant.

« Qu'y a-t-il, ma Gilberte? demanda le consul anxieux.

— Oh! mon père, je crains pour vous la colère du roi! S'il allait vous rendre responsable de ce qui est arrivé?

— C'est impossible, s'écria Guillaumette en se redressant vivement, ce serait une injustice : c'est moi qui ai tout fait!

— Grand-père, le roi est-il déjà prévenu de l'évasion du prisonnier? demanda Micheline à Polvérel.

— Il doit l'ignorer encore, bien qu'il soit merveilleusement informé de ce qui se fait et de ce qui se dit. Il sait déjà que la comtesse de Rouergue est ici. Il ne peut tarder à connaître la délivrance du comte, et nous nous concertions, Raynal et moi, sur la ligne de conduite à tenir en cette circonstance.

— Qu'avez-vous décidé? demanda Gilberte.

— Rien encore, car nous ne connaissions pas suffisamment les détails du complot. Guillaumette nous les a fournis mieux que personne, et pour cause! »

Un bruit de voix arriva jusqu'à eux. La porte s'ouvrit et les deux autres consuls, Prolhac et Delon, vêtus de leurs robes consulaires, entrèrent vivement.

Le premier prit la parole, oubliant, dans son empressement, de saluer les jeunes filles.

« Le roi est furieux de l'évasion du comte, dit-il. Il nous fait savoir, par l'un de ses gens, qu'il désire parler aux consuls réunis dans la salle verte où il a tenu son conseil.

— Mon Dieu! dit Gilberte, que va-t-il advenir?

— Rassure-toi, mon enfant, dit Raynal. Nous n'avons rien à nous reprocher, partant rien à craindre.

— Peut-on jamais savoir, avec le roi? » murmura Prolhac.

Delon eut un geste de découragement, comme un homme qui, à bout de ressources, s'abandonne sans résistance à sa destinée.

A ce moment, Guillaumette s'effaça derrière les consuls, et, sans que personne s'en aperçût, elle sortit furtivement de la salle.

« Mon avis, dit Polverel d'une voix calme, c'est que le roi, mis au courant des détails de l'évasion, ne nous en rendra point responsables. Qui sait même s'il ne se laissera pas gagner par l'élan de pitié qui a suscité tant de courage et de dévouement! Le roi n'est pas si autoritaire qu'il ne puisse ressentir aucun élan généreux. Tâchons de lui prouver l'innocence du comte. »

. . . .

Les consuls se rendirent donc dans la salle du conseil, et l'envoyé du roi, s'étant assuré de leur présence, en informa son maître.

Le visage du roi était plus blême que de coutume; l'acuité de son regard, le rictus de ses lèvres minces accusaient un profond mécontentement.

« C'est ainsi, fidèles barons, que votre bonne ville de Brive respecte mes ordres? dit-il. N'était-ce pas à votre loyauté que j'avais confié la garde de mon prisonnier? Qu'avez-vous fait de lui? Répondez!

— Sire, dit Polverel, notre fidélité à votre personne royale ne s'est point démentie un instant, et notre loyauté n'a pas failli. Un complot, tramé à notre insu, a favorisé l'évasion du jeune comte de Rouergue; mais aucune mesure n'avait été négligée pour assurer son emprisonnement; un geôlier incorruptible, nos archers les plus braves étaient préposés à sa garde.

— Oui-dà! baron consul, parlons-en de l'incorruptibilité de vos gardes! Ils ont rendu les armes avec un ensemble parfait, ce me semble, et cela pour quelques pichets de bon vin. Je n'en reste pas moins convaincu que, si vous n'avez pas pris l'initiative de ce complot, vous l'avez tout au moins favorisé par votre attitude passive, ajouta le roi en dévisageant le consul.

— Je jure devant Dieu, dit solennellement Jean Raynal en se levant, que nous ignorions tous les quatre ce qui

se préparait en ville ! Votre Majesté sait, sans doute, que
ce sont les femmes du peuple qui ont conçu et réalisé le
plan de cette évasion.

— Je le sais, dit Louis XI ; mais ma volonté n'en sera
pas moins accomplie. Le prisonnier sera retrouvé, et sa
sentence sera exécutée.

Guillaumette s'avança vers le roi.

— Que Votre Majesté me pardonne de lui rappeler que,
dans ce cas, elle encourrait les malédictions de saint
Libéral ! » dit Jean Raynal.

Louis XI se mordit les lèvres, tourna entre ses doigts
la chaîne suspendue à son cou et parut réfléchir. Sans
doute, il changeait prudemment d'avis et renonçait à son
prisonnier, sous les menaces que lui remémorait le consul.

« Je n'accepte pas que mes sujets agissent à l'encontre

de mes ordres, reprit Louis. La ville sera châtiée, les coupables punis, et la femme damnée, âme de la conspiration, mourra sous les verges. Livrez-moi la coupable. Je l'exige!

— La voici, sire, » dit une voix enfantine qui semblait venir du fond de la salle, et, soulevant la lourde draperie sous laquelle elle s'était cachée pour la seconde fois, Guillaumette, pâle d'émotion, mais courageuse, s'avança vers le roi.

Les consuls, sous le coup de la surprise, restaient muets.

« Pâques Dieu!... s'écria le roi en riant, serait-il possible que j'eusse été joué par une souris? Est-ce toi vraiment qui as fait tout cela? continua Louis XI, que l'imprévu de l'apparition de Guillaumette semblait amuser. Parle sans crainte. »

D'abord tremblante, la voix de l'enfant se raffermit. Guillaumette raconta simplement comment, dans cette même salle, cachée sous cette même draperie, elle avait appris, en assistant au conseil du roi, la condamnation du comte de Rouergue. Elle dit comment avait germé dans son esprit le désir de le rendre à sa mère.

Avec un tact et une prudence au-dessus de son âge, elle évita de mettre en cause, afin de ne les point exposer au mécontentement du roi, ceux qui l'avaient aidée et encouragée.

Elle narra avec une verve si spirituelle comment, par deux fois, elle avait échappé à messire Olivier, que le roi, gagné par la franchise de Guillaumette, se prit à rire.

« Voilà donc mon barbier rasé à son tour! dit-il. Sais-tu, petite, que si tu retombes une troisième fois entre les mains d'Olivier le Diable, tu seras croquée séance tenante?... Il ne fera de toi qu'une bouchée.

— S'il me croque, il en mourra, sire! affirma Guillaumette d'un ton grave.

— Il en mourra, dis-tu?

— Oui, sire. Comme le comte de Rouergue, je suis sous la protection de monseigneur saint Libéral, qui punirait terriblement ceux qui me feraient du mal.

— Tu ne crains donc pas ma colère?... dit le roi fronçant les sourcils.

— Non, sire, répondit hardiment Guillaumette, car Votre Majesté très chrétienne changera sa colère en magnanimité!...

— Notre-Dame me pardonne! interrompit le roi dont le visage s'éclaira d'un sourire, je ne souffrirai pas plus longtemps d'être sermonné par cette jeune Gaillarde. Barons consuls, emmenez-la vers mon argentier; qu'on la jette dans un sac avec deux cents ducats d'argent qui lui serviront de dot, et qu'on la rapporte à son père le rôtisseur. Il ne sera pas dit, dans mon royaume, que l'on peut faire impunément « échec au roi »!

FIN

TABLE

PAPIOLE, LA FILLE DU JONGLEUR

ÉCHEC AU ROI

40171. — Tours, impr. Mame.